DATE DUE

SE 27 97			
OC 18 07			

DEMCO 38-296

EL PORTERO

COLECCION CANIQUI

EDICIONES UNIVERSAL, Miami, Florida, 1990

REINALDO ARENAS

EL PORTERO

EDICIONES UNIVERSAL
P.O. Box 450353 (Shenandoah Station)
Miami, Fla. 33245-0353 USA

© 1990 by Reinaldo Arenas
Library of Congress Catalog Card No. 89-082738

ISBN: 0-89729-560-9

Dibujo de la portada:
"La llegada de un pequeño amor" de María Elena Badías

Foto del autor en la contraportada:
Lázaro Gómez Carriles

Artes: Martha Jaramillo

Impreso por Quebecor Impreandes
Impreso en Colombia
Printed in Colombia

Para Lázaro, su novela.

Aquella luz verdadera, que alumbra
a todo hombre, venía a este mundo.
San Juan, 1-19.

PRIMERA PARTE

I

Esta es la historia de Juan, un joven que se moría de penas. No podemos explicar cuáles eran las causas exactas de esas penas; mucho menos, cómo eran ellas. Si pudiéramos, entonces las penas no hubiesen sido tan terribles y esta historia no tendría ningún sentido pues al joven no le hubiese ocurrido nada extraordinario, y por lo tanto no nos hubiésemos tomado tanto interés en su caso.

A veces todo su rostro se ensombrecía como si la intensidad de la tristeza hubiese llegado a su punto culminante, pero luego, como si el sufrimiento le concediese una breve tregua, sus facciones se suavizaban, y la tristeza adquiría una suerte de apacible serenidad, como si el mismo desencanto se estabilizase o fluyese ahora lentamente, comprendiendo, tal vez, que su caudal, de tan inmenso, no se agotaría nunca, sino que, por el contrario, estaría siempre creciendo y renovándose.

Es cierto que hacía diez años que había dejado su país (Cuba) en un bote y se había establecido en los Estados Unidos. Tenía entonces diecisiete años y atrás había quedado toda su vida. Es decir, humillaciones y playas, enemigos encarnizados y gratas compañías que la misma persecución hacía extraordinarias, hambre y esclavitud, pero también noches cómplices y ciudades a la medida de su desasosiego; horror sin término, pero también una humanidad, una manera de sentir, una confraternidad ante el espanto —cosas que aquí, como su propia manera de ser, eran extranjeras... Pero también nosotros (somos un millón de personas) dejamos todo eso y sin embargo no morimos de pena —o al menos no se nos ha visto morir— como la misma desesperación que este muchacho. Pero, como ya dijimos hace un momento, no pretendemos ni podemos, explicar este caso, sino, sólo en la medida de lo posible, exponerlo. Y todo eso con la pobreza de un idioma que por motivos obvios hemos tenido que ir olvidando, como tantas cosas.

No pretendemos vanagloriarnos de que hayamos tenido con él preferencias exclusivas. No había porqué tenerlas. El era, como casi todos nosotros, al llegar aquí, un joven descalificado, un obrero, una persona más que venía huyendo. Tenía que aprender, como aprendimos nosotros, el valor de las cosas, el alto precio que hay que pagar para alcanzar una vida estable. Un empleo bien remunerado, un apartamento, un auto, unas vacaciones, y finalmente, una casa pro-

11

pia, si es posible cerca del mar... Porque el mar es para nosotros nuestro elemento. Pero el mar verdadero, dentro del cual podamos sumergirnos y convivir, no estas extensiones heladas y grises a las que tenemos que acercarnos casi enmascarados... Sí, sabemos que estamos haciendo confesiones sentimentaloides que nuestra poderosa comunidad —nosotros mismos— negaría en su totalidad o las tacharía por ridículas e innecesarias: somos ciudadados prácticos, respetables, muchos enriquecidos, y miembros de la nación hoy por hoy más poderosa del mundo. Pero este testimonio tiene como objeto un caso excepcional. Es la historia de alguien que, a diferencia de nosotros, no pudo (o no quiso) adaptarse a este mundo práctico; al contrario, exploró caminos absurdos y desesperados y, lo que es peor, quiso llevar por esos caminos a cuanta persona conoció. Las malas lenguas, que nunca faltan, dicen que también desequilibró a los animales, pero de eso ya hablaremos más adelante... También se nos objetará —ya vemos a los periodistas, profesores y críticos abalanzarse sobre nosotros— que siendo esta la historia de Juan no hay motivos para que la interrumpamos a fin de interpolar nuestros asuntos. Permítasenos aclarar que: primero, no constituimos (afortunadamente) un gremio de escritores y por lo tanto no tenemos que obedecer sus leyes; segundo, que nuestro personaje, al pertenecer a nuestra comunidad, forma parte también de nosotros mismos; y tercero, que fuimos nosotros quienes le abrimos las puertas en este nuevo mundo y quienes en todo momento hemos estado dispuestos a "darle una mano", como se dice allá, en el lugar de donde huimos.

Desde que llegó —y muy desmejorado que llegó— le dimos ayuda material (más de doscientos dólares) y le *viabilizamos* (otra palabra de allá) rápidamente el Social Security (lo sentimos, pero no tenemos equivalente para esa expresión en español) para que pudiera pagar los impuestos, y casi de inmediato le conseguimos un empleo. Claro está que no podía ser uno de estos empleos que tenemos nosotros, después de veinte o treinta años de trabajar duro. Le conseguimos un empleo en la construcción, al sol, naturalmente. Al parecer, Juan comenzó entonces a ser atacado por fuertes dolores de cabeza, por insolaciones. En plena actividad se detenía (los cubos con la mezcla en las manos) y así se quedaba, de pie, absorto, mirando a ningún sitio o a todos los sitios, como si una misteriosa revelación en ese mismo instante lo deslumbrase. Imagínense ustedes, en medio de los trabajos febriles de la construcción, aquel muchacho completamente paralizado, sin camisa, con dos cubos en las manos, delirando entre la algarabía de mandarrias y serruchos... El capataz, enfurecido, le gritaba en inglés (idioma que el joven aún no dominaba) todo tipo de órdenes e insultos. Pero sólo cuando aquella visitación o locura lo abandonaba, Juan volvía a sus faenas.

Desde luego, tuvimos que cambiarlo de empleo numerosas veces. Fue camarero en un bar de la sauecera, encargado de la limpieza de los urinarios en un hospital para refugiados haitianos, planchador en una factoría (o fábrica) del midtown de Nueva York, taquillero en un cine de la calle 42... ¿Qué querían ustedes? ¿Que le ofreciéramos nuestras piscinas? Que así, por su linda cara (y realmente no era feo, como ninguno de nosotros, gente morena, no como esas cosas fofas, pálidas y desproporcionadas que abundan por acá), sí, por su linda cara le abriéramos las puertas de nuestras residencias en Coral Gables, que le entregáramos nuestro carro del año para que conquistase a nuestras hijas que con tanto esmero hemos educado, y que lo dejáramos, en fin, vivir la dulce vida sin antes conocer el precio que en este mundo hay que pagar por cada bocanada de aire? Eso sí que no.

Finalmente, como vimos que no era apto para ningún empleo en el que hubiera que tener carácter, iniciativa, *chispa* —como decíamos allá, en nuestro mundo—, nos agenciamos, con bastante dificultad por cierto (pues ese ramo está aquí controlado por la mafia), para conseguirle un empleo en el cuerpo de servicios de un edificio residencial en la parte más lujosa de Manhattan. Su trabajo no podía ser menos complejo ni menos problemático: se limitaba a abrir la puerta y saludar respetuosamente a los habitantes del edificio. *Doorman*, perdón, portero, queremos decir, ese era su nuevo oficio.

Pero si antes ya habíamos tenido problemas con Juan en relación con sus trabajos, aquí sí podemos decir que comenzaron nuestros verdaderos dolores de cabeza y no precisamente por negligencia en su cargo, sino por lo que podríamos llamar *exceso de celo en el mismo*. Porque, de pronto, nuestro portero descubrió, o creyó descubrir, que su labor no se podía limitar a abrir la puerta del edificio, sino que él, el portero, era *el señalado, el elegido, el indicado* (escojan ustedes de estas tres la mejor palabra) para mostrarles a todas aquellas personas una puerta más amplia y hasta entonces invisible o inaccesible; puerta que era la de sus propias vidas y por lo tanto (y así hay que escribirlo aunque parezca, y sea, ridículo, pues citamos textualmente a Juan) "la de la verdadera felicidad".

Sobra decir que ni él mismo sabía qué puerta o puertas eran aquellas, ni dónde estaban, ni cómo llegar a ellas, ni mucho menos cómo abrirlas. Pero en su exaltación, en su desvarío o en su demencia (escojan ustedes de las tres palabras la mejor) estaba seguro de que la puerta existía y que de alguna misteriosa manera se podría llegar a ella y abrirla.

El pensaba y así lo ha dejado testimoniado (¿*testimoniado*? ¿Existe esa palabra en nuestra lengua?) en los numerosos papeles que garabateó, que las casas o los apartamentos continuaban después de las habitaciones y las últimas paredes, y que la vida de aquellas personas del edificio donde él era el portero no podía limitarse a un eterno transitar de la cocina al baño, de la sala al cuarto de dormir, o del ascensor al automóvil. De ninguna manera podía concebir que la existencia de toda aquella gente y por extensión la de todo el mundo, fuese sólo un ir y venir de un cubículo a otro, de espacios reducidos a espacios aún más reducidos, de oficinas a dormitorios, de trenes a cafeterías, de subterráneos a ómnibus, y así incesantemente... El les mostraría "otros sitios", pues él no sólo les abriría la puerta del edificio, sino que, seguimos citándolo, "los conduciría hacia dimensiones nunca antes sospechadas, hacia regiones sin tiempo ni límites materiales"... Y en estas cavilaciones ya iba y venía de uno a otro extremo del salón o lobby del edificio, murmurando incoherencias, aunque siempre —hay que reconocerlo— atento a la puerta y con su uniforme impecable (chaqueta y pantalones azules, sombrero de copa negro, guantes blancos y galones dorados). Así, cuando imaginaba que no era observado atisbaba temeroso hacia los rincones, avanzaba hacia su propia imagen que se reflejaba en el gran espejo del salón o se detenía frente a la amplia puerta que da al jardín interior, y subrepticiamente hacía algunas anotaciones en la libreta que siempre llevaba encima. Otras veces se paseaba por el patio interior, las manos enguantadas tras la espalda, preguntándose de qué manera podría mostrarles a todas aquellas personas el sendero que, desde luego, él también desconocía. Y súbitamente abandonaba sus meditaciones y corría a abrirle la gran puerta de cristal a algún inquilino, y hasta a llevarle los paquetes hasta el apartamento mientras le preguntaba por su estado de salud y también por la salud del perro, del gato, de la cotorra, del mono o del pez... No olviden, por favor, que en este país, quien no tiene un perro, tiene un canario, un gato, un mono o cualquier otro tipo de animal (no importa de qué especie) en su casa.

Aberraciones o pasatiempos morbosos, lo reconocemos, propios de gente ociosa o solitaria que no tiene en qué entretenerse. Cosas, en fin, de viejas locas o de señores no menos chiflados aunque a veces, al parecer, decentes.

Ahora comprendemos que tantas atenciones por parte de Juan obedecían a un método. Pues su *tarea*, llamémosla así, consistía en desplegar una amabilidad extrema hacia todas aquellas personas para ganarse su amistad e infiltrarse en sus apartamentos y luego en sus vidas con el propósito de cambiarlas.

Consignaremos aquí, a manera de presentación, rápida y concisa —somos gente ocupadísima y no podemos dedicarle toda nuestra vida este caso—, las personas con las cuales nuestro portero tuvo una relación más o menos profunda.

Entre ellas se destacan, el señor Roy Friedman, hombre de unos sesenta y cinco años, a quien Juan nombra en sus escritos como "el señor de los caramelos", pues siempre tenía un caramelo en la boca y varios en los bolsillos, y cada vez que se encontraba con el portero, lo cual desde luego sucedía varias veces al día, le obsequiaba con una de esas confituras. También, Juan sostuvo conversaciones con el señor Joseph Rozeman, eminente mecánico dental gracias a quien muchas de las más bellas estrellas de la televisión y del cine exhiben glamorosas sonrisas (notables miembros de nuestra comunidad han utilizado los servicios de Mr. Rozeman, y les aseguramos que son realmente recomendables). Sigue, de acuerdo con nuestra lista, el señor John Lockpez, ecuatoriano naturalizado en los Estados Unidos, pastor de la Iglesia del Amor a Cristo Mediante el Contacto Amistoso e Incesante, casado, con hijos, todos religiosos al igual que su esposa; este señor (su nombre de origen es Juan López) al parecer le tomó gran aprecio a nuestro portero e intentó ganárselo para su causa (la del señor Lockpez) por lo que podemos afirmar que entre los dos hombres se estableció una fanática contienda, ya que cada uno quería catequizar al otro para sus respectivas y extrañas doctrinas. De todos modos ya explicaremos con más detalles todas esas relaciones que ahora sólo estamos enumerando. Continuemos pues: la señorita, o señora, Brenda Hill, mujer algo descocada, soltera y ligeramente alcohólica; el señor Arthur Makadam, caballero entrado en años y aún libertino; la señorita Mary Avilés, la supuesta prometida del portero; el señor Stephen Warrem, el millonario del edificio que habita con su familia en el penthouse; la señora Casandra Levinson, titulada "profesora de ciencias sociales", pero propagandista incesante de Fidel Castro; el señor Pietri, el super (perdón, el encargado del edificio) y su familia; los señores Oscar Times (Oscar Times I y Oscar Times II), ambos homosexuales y tan semejantes física y moralmente, que en realidad conforman como una sola persona, hasta el punto de que muchos inquilinos que nunca los habían visto juntos afirmaban que se trataba de un solo personaje. Pero nosotros sabemos que son dos y que, incluso, uno de ellos es cubano... La señorita Scarlett Reynolds, actriz jubilada, obsesionada por el sentido del ahorro, también sostuvo varios diálogos con el portero, al igual que el profesor Walter Skirius, científico de nota e inventor incesante.

De casi todas estas personas mencionadas, nuestro portero logró, con amabilidad, halagos y favores que iban más allá de sus funciones, ganarse la amistad o por lo menos cierta aparente simpatía, llegando a veces a ser no sólo el portero sino también el huésped. Con lo cual, así al menos pensaba Juan, había avanzado un gran trecho en sus propósitos proselitistas.

II

Cuando el señor Roy Friedman invitó por primera vez al portero a su apartamento, Juan pensó que ya tenía avanzado más de la mitad de su trabajo. Ahora sólo se trataba de convencer a mister Friedman para, juntos, lanzarse a la búsqueda de la verdadera puerta. Pero el señor Friedman tenía también su filosofía o *puerta secreta*, por la cual quería empujar a cuanta persona se le acercase. Como todo hombre seguro de sí mismo, Roy Friedman no escuchaba, sino que hablaba; no oía consejos, sino que aconsejaba.

—¿Cuánto tiempo crees tú que llevo yo viviendo en este edificio? —le preguntó al portero, luego de haberlo invitado a sentarse y haberle entregado un caramelo. Juan iba a hacer un cálculo cualquiera, diez, veinte años, pero Mr. Friedman no lo dejó siquiera esbozar una respuesta, él mismo se la otorgó: —¡Veintiocho años, tres meses y seis días! Y sin embargo, tú eres el primer portero que yo invito a mi casa...

Juan le iba a dar las gracias por esa acción excepcional, pero en ese momento un enorme perro entró en la sala y lo olfateó con disgusto.

—Ven acá, Vigilante —llamó el señor Friedman al gigantesco perro, y sacando un caramelo en forma de hueso se lo ofreció. El animal lo tomó con desgano y se marchó a un rincón a masticarlo. Mientras lo hacía, miró hacia el portero y éste creyó ver en aquellos ojos como una resignada tristeza.

—Tiene usted un perro muy educado —comentó Juan, mirando al pobre animal que trataba de engullir aquella melcocha.

—Sí –prosiguió su conversación el señor Friedman sin haber escuchado las palabras de Juan–, usted es el primer portero que entra en mi casa. Algo excepcional. Y es que creo ver en ti ciertas aptitudes, cierto toque excepcional y también cierto desasosiego. En los meses que llevas trabajando aquí, que son más de siete –nueve, iba a decir Juan, pero Mr. Friedman continúo hablando. Sí, en estos siete meses creo que nunca he tenido que escribir una queja al consejo de dirección del edificio. Nunca has abandonado tu puesto, ni has dejado de abrirme correctamente la puerta.

—La puerta, eso es lo más importante —logró intercalar a duras penas el portero.

—Claro que es lo más importante, por algo eres nuestro portero. Y otro detalle para mi más significativo: nunca has despreciado mis caramelos. A algunos, a casi todos, este detalle les podría parecer superfluo. Sin embargo, ¿sabes tú en qué radica el triunfo de la vida? –Aquí Mr. Friedman miró inquisitivamente a Juan, quien pensó que ese era el momento para insinuar el propósito de su amabilidad...

—¡El triunfo radica en repartir y aceptar caramelos! —aseguró categóricamente el señor Friedman. —Quien no esté dispuesto a dar un caramelo no está dispuesto a congraciarse con la humanidad, y sobre todo, ay, aquel que no acepta el caramelo está perdido.

Juan asintió e incluso pensó mostrarle uno de los bolsillos de su chaqueta repleto con los caramelos que el señor Friedman le había dado durante esa semana, pero desistió pensando que éste podía sentirse ofendido al ver que no los había consumido. Mr. Friedman siguió hablando.

—No he dejado de observar cómo lees y hasta escribes, desde luego en los momentos en que el trabajo no te reclama, lo cual es loable. Pero el *quid*, amigo mío, no está en los libros ni en la escritura. ¿Dónde está el problema y su solución?

El señor Friedman se detuvo en el centro de la sala, miró misteriosamente a su alrededor y metiendo la mano en el bolsillo del pantalón, le entregó al portero un caramelo.

—El problema y su solución están en las relaciones humanas y, naturalmente, estas relaciones deben desarrollarse de una manera sencilla, práctica y efectiva; un caramelito hoy, otro caramelito mañana. Así, día tras día hasta que el espíritu de generosidad que todos llevamos dentro (¡a veces muy dentro!) brote y se expanda. Y llegará un día amigo mío, así lo aseguro yo, en que todos estaremos dando y recibiendo caramelos. Entonces, cuando todo no sea más que brazos extendidos que dan o aceptan, comenzará la verdadera hermandad del hombre y naturalmente su felicidad total.

De nuevo el señor Friedman giró dentro de la sala y fue hasta Vigilante, dándole otro hueso amelcochado que el perro aún más compungido tomó entre sus dientes, sin poder evitar un corto gemido.

—Yo creo —aventuró a decir rápidamente Juan— que un caramelo no es suficiente. Yo creo que hay que buscar...

—¡Más! ¡Claro que hay que buscar más, que hay que dar más! Claro que un caramelo no es suficiente. Eso lo sé muy bien. Eres muy listo. Más de lo que me imaginaba... Ahora te voy a mostrar el secreto de mi triunfo con el género humano. Pero antes dime: ¿me has visto discutir alguna vez con alguno de los inquilinos? Ni siquiera el super, que, entre tú y yo, es una persona insoportable, ha tenido algún tropiezo conmigo. Ni con Brenda Hill, ni con la señora Levinson he tenido un *sí* o un *no*. Y lo mismo con todas las personas que he tratado en mi larga vida. ¿Por qué ha sido así? Por esta simple razón.

Y tomando al portero por un brazo, Roy Friedman lo condujo a la habitación principal del apartamento.

Los dos hombres estaban ahora en un recinto repleto de estantes y de escaparates que llegaban hasta el techo, y todos aquellos compartimentos, gavetas, armarios y cajones estaban llenos de caramelos de todos los sabores, colores y tamaños. Súbitamente, el señor Friedman comenzó a abrir puertas, a vaciar gavetas y cajas, esparciendo miles de confituras. Sobre el piso alfombrado caían caramelos con forma de animales mitológicos, de mujeres, de niños, de pájaros, de peces, de santos, de bestias y de objetos desconocidos. Nuestro portero trataba de contener al señor Friedman diciéndole que todo eso estaba muy bien y que se hallaba absolutamente convencido de su hermosa labor. Pero Mr. Friedman, extasiado ante su propia obra y ajeno ya hasta al mismo portero, se había trepado a una escalera portátil y vaciaba enormes cajas de cartón colocadas en los estantes más altos, de donde se desparramaban melcochas de todos los tamaños, envueltas en papeles brillantes. Juan volvió a hablarle, pero bañado en aquella suerte de extraña lluvia, el señor Friedman seguía pronunciando palabras ininteligibles y jubilosas.

Comprendiendo que por el momento era imposible sostener algún tipo de diálogo con aquel hombre, Juan se despidió respetuosamente aunque sin ser escuchado. Ya en la sala hizo una reverencia y se dirigió al pasillo. Antes de salir, sus ojos se tropezaron con los del gigantesco perro. Y al portero le pareció que mientras el animal masticaba aquella melcocha le dedicaba una mirada entre apenada y burlona.

III

Hemos considerado, luego de prolongadas discusiones, que Juan no debió abandonar al señor Friedman en aquella situación, que su deber como portero y como huésped era el de haberle ayudado a meter todos aquellos caramelos en sus respectivos envases. Pero, claro, también es cierto que su mismo deber como portero le obligaba a volver a su puesto junto a la entrada del edificio. De todos modos, aquí consignamos las cosas tal como sucedieron y no como nosotros hubiésemos querido que hubiesen sucedido. Por otra parte, y esto es de suma importancia que el lector lo comprenda desde el principio, el hecho de que seamos un millón de personas las que firmemos este documento nos obliga a llevar nuestros razonamientos hacia una especie de término medio o, para emplear una expresión tan cara a esta tierra, *balancear* razonablemente los hechos. Reconocemos que a veces muchos de nosotros quisieran ser más drásticos con algunos personajes, más considerados con otros e incluso suprimir las acciones poco escrupulosas realizadas por algunos verdaderamente inmorales. Pero el consenso general de nuestros firmantes prefirió no dañar la objetividad de este testimonio que como ya se verá es nuestra arma más poderosa... Hecha pues esta salvedad nos consideramos en el deber de seguir adelante.

Ya en su puesto de trabajo, Juan le franqueó la entrada y saludó amablemente al señor Arthur Makadam que a pesar de sus sesenta y siete años se las daba de donjuán y quien precisamente venía acompañado por una típica beldad norteamericana, alta, rubia, maciza (pero hay que confesarlo en honor a la verdad, de tobillo poco fino y de caderas planas, tan diferente de nuestras mujeres...). El señor Makadam, con un gesto de superpotentado sacó un billete de cien dólares de su cartera de piel, lo agitó en el aire y se lo entregó al portero quien lo tomó haciendo una gran reverencia, pero sin ninguna ilusión. El sabía, pues ya había ocurrido en varias ocasiones, que dentro de un rato, cuando la invitada se marchase, Arthur Makadam reclamaría la devolución del billete, dándole en cambio una moneda de veinticinco centavos.

Las intenciones del señor Makadam eran evidentes, con sus aparentemente generosas propinas intentaba impresionar a sus amigas de turno que eran numerosísimas... Pero Mr. Makadam tenía siempre para el portero, tanto al darle el billete como al quitárselo, un guiño de especial complicidad; y esa suerte de picardía familiar o de acuerdo tácito era algo que Juan recibía siempre con simpatía. Aquel viejo con ínfulas de DonJuán, pensaba nuestro portero, era un ser solitario y por lo mismo necesitado de una orientación, de una verdadera salida, o entrada, hacia otro sitio, hacia una misteriosa puerta que, desde luego, era él, Juan, quien debía mostrársela.

Minutos después de que entrara el señor Makadam, Juan le abrió la puerta a Brenda Hill. Esta señora, siempre ligeramente alcoholizada, avanzó serenamente, saludando al portero con un impersonal "hey" y así, tiesa y distinguida, tomó el ascensor. Pero en cuanto llegó a su apartamento llamó a Juan a través del intercomunicador. Con educada autoridad le rogó que subiese un momento a su piso, pues algo ocurría en el teléfono que le impedía utilizarlo.

Ese tipo de contratiempo —inquilinos a los que se les desbordaba la tasa del inodoro, se les rompía el teléfono, se les fundía un bombillo o se les caían las cortinas de una ventana— sucedía casi diariamente. Y aunque las funciones y los conocimientos de nuestro portero no estaban vinculados a esos quehaceres, Juan, pensando seguramente en su otra misión, acudía en cuanto lo llamaban.

Al llegar al apartamento, Brenda Hill lo esperaba envuelta en una larga bata amarilla. Al parecer el teléfono se había arreglado solo, pues la señora Hill conversaba animadamente a través del auricular. Sin dejar de hablar le hizo un ademán al portero para que se sentase en el sofá, donde una gata, también amarilla, lo miró enfurecida erizando el lomo. Brenda Hill prosiguió su conversación telefónica que duró treinta y cinco minutos. Terminado el diálogo, Mrs. Hill fue al refrigerador, mezcló una botella de vodka con jugo de naranja y llenando dos vasos le ofreció uno a Juan, sentándose junto a él en el sofá a la vez que apartaba a la gata, que se mostró aún más encolerizada. Juan abrió la boca para darle las gracias a Brenda Hill y pensó que el momento era propicio para entablar una conversación profunda con aquella elegante señora quien —así pensaba el portero— si se alcoholizaba o recibía numerosas visitas masculinas, o estaba siempre llamando por teléfono era porque algo buscaba, *algo* que hasta ahora no había encontrado, la famosa puerta que él le descubriría.

Pero Brenda Hill, sin haber pronunciado una palabra, se bebió su screwdriver, apuró también el del portero y de inmediato, con delicadeza y habilidad profesionales, lo desnudó.

Esto lo hizo con tal rapidez que hasta nosotros mismos (no olviden que todo lo observamos) quedamos sorprendidos.

¿Qué debió hacer nuestro portero en ese momento? ¿Ponerse de pie, subirse los pantalones, disculparse y largarse? Su cargo, su condición de empleado del edificio, y por lo tanto de subalterno de la señora Brenda Hill, lo situaban en una suerte de encrucijada moral y laboral. Por otra parte, ¿no era una falta de respeto acostarse con la señora Hill? Pero no hacerlo y marcharse, ¿no podría considerarse un desprecio y hasta una falta de consideración hacia su superior? ¿No podría en ese caso la despechada señora Hill elevar un informe a la dirección del edificio por alguna negligencia cometida por el portero?... Juan alzó la vista y sus ojos se tropezaron con los ojos amarillos y coléricos de la gata (¿persa? ¿africana? ¿hindú? No es nuestro oficio conocer de gatas, señor) y toda la expresión de odio que había en aquella mirada de alguna manera parecía decirle, o advertirle, que se dejase acariciar por la señora Hill. Aunque a la vez la misma gata, con su lomo erizado, parecía repudiar la escena. Por otra parte, no lo vamos a negar, nuestro joven portero sentía placer ante los experimentados manoseos de la señora Hill, quien, liberándose de su bata de casa terminó poseyendo a Juan con estertores tan agudos que la gata, dando un chillido, saltó al balcón.

Terminado el apareamiento, la señora Hill se cubrió de nuevo con la bata, abotonándosela hasta el cuello. Luego extendió una de sus bien conservadas manos hacia Juan, despidiéndolo.

—Siempre que tengas deseos, llámame.

21

El portero se arregló el uniforme y salió al pasillo. Había terminado su hora de comida, por lo que volvió a su puesto junto a la gran puerta de cristal.

IV

Por el cielo se balanceaba un zeppelin de la Good Year. Su abultada estructura de aluminio se sumergía y se elevaba lentamente como un pez gigantesco que olfateara cauteloso los rascacielos. Más allá, una pequeña escuadra de helicópteros moviendo vertiginosamente sus hélices, semejaban moluscos que nadaran hacia otras profundidades. Algo más cercano, un globo, con cintas y cables de varios colores, ascendía como una gigantesca medusa, en tanto que a alturas considerables discurrían silenciosas las panzas prominentes de los jets, que nada tenían que envidiarle al vientre de un tiburón visto por alguien situado a una enorme profundidad. En esa hora en que el azul de tan intenso diluía hasta los edificios vistiéndolos de un azul aún más oscuro, Nueva York era, a los ojos del portero, una inmensa ciudad sumergida. Y la gente que en ese momento abandonaba fábricas, comercios u oficinas y partía apresurada hacia todos los sitios desapareciendo por los huecos del subway, ¿no parecía precisamente una inmensa manada de peces menores en busca de sus provisorios refugios? Así contemplaba el mundo nuestro portero, de pie tras la gran puerta de cristal del edificio, mientras llegaba el anochecer neoyorquino. Anochecer que en vez de venir acompañado de sombras, era, por el contrario, una explosión luminosa; inmenso chisporroteo que asaltando al cielo bañaba hasta las nubes. De un amarillo lívido eran ahora las dos torres del World Trade Center, de un amarillo aún más desolado se vestía el Empire State Building. Y todos los demás edificios, formando una inmensa cordillera, se recortaban contra el horizonte, cada uno con sus ventanas como jaulas iluminadas y parpadeantes, haciéndole al portero una señal desesperada.

Entonces, de toda la ciudad salió un rugido unánime, como si los disímiles e inclasificables estruendos que aquel universo produce, súbitamente, y gracias a los efectos de la noche, se hubiesen concertado en un solo aullido. Y ese clamor, esa llamada iba dirigida a Juan (al menos así él lo intuía y así lo dejó escrito)... Era en esos instantes

22

cuando a nuestro portero se le hacía más intenso aquel presentimiento, aquella premonición, aquella locura de que indiscutiblemente era él el encargado de esparcir por el mundo una suerte de mensaje, una nueva realidad, algo insólito y cierto, palpable e inapresable; un consuelo, una solución, una felicidad general y a la vez íntima, una puerta única y cambiante que salvase, una por una, a cada persona. *Qué era, qué era, qué era...* Y una euforia demencial lo poseía, y ya dueño de aquella ilusión inexplicable de "aquellos poderes", de aquella insólita fe o ridícula visitación, seguía hablando solo, en voz baja, pero cada vez más rápido, haciendo anotaciones misteriosas y súbitas en la libreta que siempre llevaba bajo el uniforme y emitiendo pequeños gritos de goce junto con palabras incoherentes, *eres la luz, el que vigila, el que tiene que abrir todos los túneles...* Todo eso y más llegó a escribir mientras se resolvía en estertores ahogados y miraba cautelosamente hacia todos los rincones. Luego echaba a andar en círculo por el lobby que ahora, descollante de lámparas lujosísimas y encendidas, era como una réplica en miniatura del mundo de afuera: una pecera gigantesca y sin agua donde nuestro portero, de completo uniforme azul, alto sombrero, guantes blancos, galones y botonaduras de bronce, semejaba también un exótico pez que se debatía entre cristales buscando una salida que no existía y sintiendo que la falta de oxígeno lo condenaba a perecer en breve.

En ese insólito estado de angustia se encontraba cuando una mano se posó en su espalda.

—¡Luz y amor! —dijo una voz con acento norteamericano pero en español.

El portero se volvió y tropezó con la pulcra figura del señor John Lockpez.

—¡Luz y amor! ¡Luz y amor y progreso en el alma! —dijo ahora más entusiasmado Mr. Lockpez estrechando fuertemente las manos del portero.

Una vez que le hubo apretado durante cinco minutos las manos, le aprisionó las muñecas y los brazos, le apretó los hombros, le dio varias palmaditas en la espalda y suaves golpecitos en la frente y en el estómago a la vez que se persignaba. Después, con la yema de los dedos, el señor López le tocó la nariz a Juan. Por último le tiró suavemente de las orejas.

—¡Luz y progreso en el alma! —repitió. Y otra vez se persignó y comenzó a girar con las manos en alto alrededor del portero.

Estimamos que antes de que se puedan confundir malévolamente estas acciones o manoseos del señor López, perdón, de Mr. Lockpez, debemos aclarar a qué se deben. Mr. Lockpez, como representante y Pastor Máximo en Nueva York y en toda la Unión de la Iglesia del Amor a Cristo Mediante el Contacto Amistoso e Incesante, tiene una especial teoría. Su teoría, que constantemente pone en práctica, consiste en "estimular la felicidad en el género humano a través de un roce fraternal". Según sus prédicas, todos los seres humanos —y hasta los animales y las cosas— emanan una suerte de *radiación positiva*, "comunicante y receptora" (son sus palabras) que de no utilizarlas se desperdiciarían, esparciéndose por los aires y causando grandes frustraciones. Esa "radiación" es, pues, una especie de "efluvio amoroso" que hay que dar y recibir "para vivir en la gracia del Señor y por lo mismo en la paz y la felicidad perpetuas"... Por eso el señor Lockpez, obedeciendo a su fe, no discrimina ser viviente ni objeto. Todo cuando surge al paso es palpado furtiva y apasionadamente por el religioso. Nos apresuramos a afirmar, pues así lo hemos podido constatar, que estos contactos, aunque físicos, tienen una raíz eminentemente espiritual. En ningún momento —y lo afirmamos categóricamente pues lo hemos investigado a fondo— estas extremas comunicaciones físicas del señor Lockpez con sus semejantes han tenido un carácter obsceno. El y todos sus fieles y creen de buena fe que en esos incesantes roces con los demás está la salvación del género humano. Así se lo ha predicado Mr. Lockpez innumerables veces a nuestro portero y a cuanto ser u objeto pueblan aquel edificio. Precisamente ahora, mientras repite otra vez su catecismo, el señor Lockpez toca los sillones, las lámparas, el marco de la gran puerta de cristal, el buró donde están los intercomunicadores, las flores plásticas y hasta la cola de la gata de Brenda Hill que en brazos de su dueña acaba de salir a dar un paseo.

Obviamente, esta inocente prédica —y su práctica— le ha acarreado muchísimos problemas al señor López, quien en varias ocasiones ha sido acusado de "abusos lascivos" en plena vía pública (tenemos copias de esas actas). Por esos mismos motivos tuvo que huir de su país de origen acompañado por numerosos fieles quienes aún en medio de la persecución, mientras atravesaban la selva, no dejaron ni un instante de tocarse aunque fuese con la yema de los dedos. Según Mr. Lockpez, ese incesante contacto con las radiaciones positivas del prójimo fue lo que les suministró la energía necesaria a sus peregrinos para atravesar a pie toda Centroamérica, cruzar el Canal de Panamá por debajo del agua, recorrer los desiertos mexicanos con sus incesantes delincuentes y finalmente a nado (pero siempre tocándose, ya con los codos, ya con los dedos de los pies o con la punta de la nariz) ganar la frontera con los Estados Unidos.

Mr. Lockpez tiene ahora su Iglesia del Amor a Cristo Mediante el Contacto Amistoso y Incesante en el uptpown de Nueva York y la misma es visitada por centenares de fieles. También su propio apartamento es un centro de sesiones físico-espirituales. Sin ir más lejos, esta misma noche tendrá lugar allí, en su casa, una sesión con un grupo selecto de fieles, por lo que Mr. Lockpez le ruega a nuestro portero que no falte.

—Te vengo observando desde hace meses —le dice ahora a Juan, tocándole la frente con el índice— y creo que eres uno de los nuestros. No me equivoco. Veo en ti una gran necesidad de comunicación que en nuestro círculo táctil-espiritual podrás desarrollar.

Juan objeta que su trabajo como portero termina a las doce de la noche.

—¡Precisamente en ese momento comenzará la sesión! —le responde Mr. Lockpez tocándole la barbilla—. A esa hora las vibraciones son más poderosas y pueden ser captadas con más intensidad. Te esperamos sin falta, terminó diciéndole el pastor, apretándole los hombros y dándole luego una palmada en el cuello.

Juan le iba a decir que a esa hora le era imposible asistir, que el cansancio no le iba a permitir captar radiación alguna. Pero el señor López se cuadró militarmente junto al joven, le puso la mano abierta sobre la cabeza y le gritó: "¡No faltes!". Inmediatamente le dio la espalda y acariciando la pared entró en el ascensor.

V

Después de haber pasado ocho horas de pie ante la entrada principal del edificio, abriendo y cerrando la puerta, otorgando inclinaciones y saludos y celebrando la inteligencia de los animales de los inquilinos, Juan tenía necesidad de tomar el tren e irse a reposar a su cuarto situado en un edificio del West Side, al otro extremo de la isla. ¿Pero acaso podía hacerle el desaire a Mr. Lockpez, quien siempre se había mostrado tan amable? Por otra parte, ¿no era esta invitación una excelente oportunidad para entrar en comunicación con aquel hombre y hasta con sus familiares y amigos? En lugar de ser él, el portero, el adoctrinado intentaría ganárselos a ellos para su misteriosa causa, la búsqueda imprecisa de aquella puerta fundamental. Con esa idea, Juan guardó su uniforme en el compartimento o closet destinado a los porteros y vestido con un traje oscuro subió al apartamento del señor López.

—¡Bienvenido a este templo que es tu casa y la mía! —lo saludó Mr. Lockpez estrechándole ambas manos. Luego, dándole palmaditas en el cuello y en las orejas le fue presentando a los miembros de su familia. La esposa le dio la bienvenida palpándole con dos dedos las mejillas; sus hijos mayores giraron a su alrededor tocándole la cabeza; las criaturas más pequeñas, privadas por su estatura, se limitaron a golpearle repetidamente las rodillas como si se tratara de una madera de la cual quisieran conocer su solidez. Aunque aún los demás fieles no habían llegado, el señor John Lockpez había dado comienzo a su prédica o sermón general que se desarrollaba más o menos en estos términos: —Mediante las fricciones y los roces espontáneos y afectuosos, libres de toda mala intención terrenal, surge y se desprende el amor lumínico, y ese calor molecular inagotable es fuente de alegría permanente, divina y humana, porque con esos incesantes contactos recibimos y otorgamos emisiones puras que nos ponen en relación con los elementos superiores. Nuestra angustia, nuestra soledad, nuestra tristeza y nuestra desesperación no pueden progresar en un espíritu que incesantemente esté en comunión con otro espíritu positivo, y éste con otro, y aquél con otro más, y así, encadenadamente, hasta desarrollar una cordillera de energías bienhechoras e infinitas que detengan al Maligno.

Mientras Mr. Lockpez avanzaba en su apasionado discurso, sin dejar de tocar a sus familiares y al portero, iban llegando los fieles quienes a su vez palpaban y eran palpados por los demás. Juan, en medio de aquellos incesantes toqueteos que (hay que decirlo) jamás comprendían las zonas eróticas, se las arregló para echarle una mirada a la sala. En un rincón había una jaula donde dos palomas torcazas amarradas por las alas revoloteaban obligatoriamente unidas. Más allá, dentro de su pecera, dos peces dorados, ensartados recíprocamente por las agallas, giraban incesantemente. En una botella gigantesca volaban varias moscas al parecer ligadas por parejas con algún eficaz pegamento. Junto a ellas, en un recipiente mayor, trajinaban varias lagartijas y otros reptiles pequeños, todos también atados por pares. Del techo colgaba un aro donde dos cotorras, unidas por las alas al igual que las torcazas, circulaban incesantemente entre un interminable parloteo. Palomas domésticas, también atadas, revoloteaban a la altura del techo junto a otros pájaros que de momento nuestro portero no pudo identificar. Juan observó que los numerosos perros y gatos que allí había también estaban amarrados por parejas; incluso dos tortugas avanzaban trabajosamente, al parecer soldadas a sus respectivos carapachos. Cucarachas y ratones había muchos, todos aparejados. Hasta las plantas que adornaban las ventanas estaban ensartadas hoja contra hoja, formando una pequeña pero intrincada selva. Por entre esa selva cruzaron furtivamente dos ratas, sin duda unidas... Evidentemente, la filosofía del roce físico como fuente incesante de paz y amor se extendía en aquella casa a toda cosa viviente.

Permítasenos decir que esa filosofía (de alguna manera hay que llamarla) le ha causado al señor Lockpez, también aquí en Nueva York, numerosos problemas. Su inofensivo pero apasionado fanatismo le ha compelido a veces a tocar a la gente en los trenes, en los cines o en plena calle, lo que le ha costado, y le seguirá costando, numerosos insultos, arrestos y el pago de multas que hasta ahora han oscilado entre veinticinco y dos mil dólares. Pero el señor Lockpez y todos sus fieles ven esas calamidades como *pruebas* a las que su fe los somete y a las que deben afrontar con entereza para salir aún más fortificados y unidos. En cierta ocasión, mientras era juzgado, John Lockpez le tocó la nariz al juez, lo que le valió otro encausamiento y proceso por el delito de *desacato* y el pago de mil dólares en efectivo. En el juicio que se le celebró por esa acción, Mr. Lockpez se limitó a declarar que "reconocía el riesgo de su misión, pero también la magnitud de su importancia".

Ya a media madrugada el furor religioso de los devotos, alentados por el señor López, era indescriptible. El apartamento estaba repleto, y todas aquellas personas, de múltiples razas y edades, giraban frenéticamente sin dejar de tocarse. Por último, el ritmo de los palpantes se acrecentó mientras de entre todos ellos se elevaba como una especie de himno que se cantaba con la boca cerrada, suerte de gemido o de murmullo que recordaba una canción de cuna, al son de la cual todos, mientras se balanceaban y se tocaban, querían arrullarse... Pasaron tres horas y aquella ceremonia no solamente no se detenía sino que cada vez se hacía más intensa y vertiginosa. Todos se tocaban unos a los otros con la cabeza, con la punta de los dedos, con la palma de las manos, con los hombros, con la planta de los pies, con las rodillas, con las uñas, con el cuello y hasta con el cabello. Y dentro de aquel ritual giraba nuestro portero sin poder escaparse, y como no había comido y además padecía la fatiga de un día de intenso trabajo, estaba ya a punto de desmayarse... De pronto, las cotorras, las palomas y demás aves que estaban encerradas fueron liberadas dentro de la habitación junto con el resto de los animales prisioneros, por lo que el recinto se transformó en una caótica arca de Noé, donde un perro era compelido a lamer a una lagartija, y un gato tenía que besar (o al menos olfatear amistosamente) a una cotorra. Mientras, por encima de todas las cabezas chillaban, gorjeaban o piaban aves y pájaros atados por las patas o por las plumas a los que los fieles, alzando los brazos, trataban también de palpar amorosamente. Aprovechando aquella confusión, y simulando que iba a tocar las tortugas que en ese momento derivaban trabajosamente hacia la puerta de salida, Juan logró escapar.

Eran las seis de la mañana. Había sacrificado sus horas de sueño y ni siquiera le había podido dirigir una palabra al señor López.

VI

Al día siguiente, Juan llegó al edificio a la una de la tarde, dos horas antes de su horario de entrada, pues se había comprometido a limpiarle las ventanas a quien él consideraba su prometida, la señorita Mary Avilés, quien vivía sola en uno de los últimos pisos del edificio.

Aunque de origen cubano, Mary Avilés (María Avilés de acuerdo con su inscripción de nacimiento) había sido llevada por sus padres a Venezuela cuando era una niña recién nacida; luego se trasladó con toda la familia a Miami, y siendo aún una adolescente abandonó su casa a la que jamás regresó. Refiriéndose a sus padres, Mary Avilés decía que no quería verlos ni en el día de su entierro, el de ella, que, por otra parte, esperaba que fuese de un momento a otro. Pues aunque entonces Mary Avilés ganaba un excelente salario como empleada especializada en el zoológico de El Bronx, lo cierto es que

28

ella no trabajaba para vivir, sino para morir, ya que se trataba de alguien que no tenía mucho interés en seguir en este mundo. Prueba de ello son los seis intentos de suicidio cuyos *records* tenemos nosotros, además de toda su vida siempre al filo de la muerte.

A los trece años, Mary había tomado la pistola de su padre, hombre influyente en el mundo político de Miami, y se había disparado un tiro en el pecho, pero la bala no le atravesó ningún órgano vital y a las dos semanas estaba de nuevo en la casa bajo la mirada recriminatoria de la familia. A los catorce años se tomó un frasco completo de pastillas para dormir que su madre utilizaba a discreción, y en realidad eso fue lo que consiguió Mary Avilés: dormir por más de tres días sin interrupción alguna. Cuando cumplió los quince años, su familia, con la esperanza de que su debut en la vida social le quitara aquellas ideas tan funestas, hizo una fiesta "por todo lo alto" en el doble sentido de la expresión, ya que la misma se celebró en la terraza del entonces más alto edificio de Miami. Mary no desperdició aquella ocasión. Con su largo y hermosísimo traje de encaje blanco se lanzó al vacío. Esta vez sí parecía que su empresa no estaría condenada al fracaso. Pero "la encantadora señorita" como bien la había calificado la crónica social del Diario de las Américas cayó sobre el alambrado de una enorme rastra cargada de pollos y gallinas, rompiendo la tela metálica y causando un enorme alboroto entre aquellas aves, muchas de las cuales aprovecharon la ocasión para darse a la fuga... Cuando Mary Avilés volvió en sí, pensando encontrarse en el otro mundo —en el cual, por otra parte, no creía—, se halló dentro de una rastra llena de gallinas que remontaba ya la Carolina del Norte. De esa manera llegó a Nueva York.

A los pocos días de estar en la ciudad se tiró al Hudson desde el puente de Brooklyn. Las aguas del río la remontaron a la salida del puerto, donde la rescató un crucero repleto de turistas que la coronaron entre elogios, aplausos y fotografías, pensando que se trataba de la ganadora a la Vuelta a Nado a Manhattan, vuelta que numerosísimas personas intentan darle, una vez al año, a la isla. Meses después, Mary Avilés se lanzaba desde un rascacielos, cayendo sobre la sombrilla de una vendedora de hamburger y matando a la pobre señora, gracias a lo cual Mary salió ilesa; pero tuvo que comparecer ante los tribunales y luego buscar un empleo para poder pagar la multa que se le impuso. Ella sabía que de ir a parar a la cárcel las posibilidades de suicidio serían aún más difíciles. Fue así como, siempre buscando la oportunidad de perecer, Mary Avilés entró a trabajar en el zoológico de El Bronx. Pues si era cierto que la señora o señorita Avilés se consideraba (y con sobrada razón) una suicida frustrada, no por ello estaba resignada a seguir viviendo. Con esa esperanza, y convencida de que intencionalmente le era imposible quitarse la vida, había confiado su destrucción al azar; pero a un azar que ella de alguna forma intentaba forzar para su provecho —esto es, en favor de su muerte. Por ejemplo, en el zoológico tenía como responsabilidad alimentar a los animales más feroces o malignos. A veces se hacía llevar por el portero a los más altos precipicios de Nueva Jersey y pretendiendo que el joven le hiciera una fotografía reculaba hasta el mismo borde de la pendiente. Cierto que no llegaba a lanzarse, pero también parece cierto que de no haber acudido Juan, Mary hubiese caído de espaldas al vacío. En la parada del subway, con un ingenuo pretexto (la caída del monedero, de un cigarro) descendía hasta los raíles con la esperanza de que los cables de alta tensión soltaran un chispazo y la fulminasen... También en numerosas ocasiones había provocado dramáticos accidentes de tráfico al intentar cruzar la calle con la luz roja, y aunque ella salía ilesa, varias personas resultaban heridas. Otras veces visitaba tugurios o barrios de mal vivir, siempre con la esperanza de que por lo menos la apuñalasen. Se comenta incluso que cuando la sucesiva cadena de accidentes aéreos ocurridos en la línea española *Iberia*, Mary Avilés comenzó a usar los servicios de esa compañía... En todos los rincones, closets y gavetas de su apartamento había esparcido pastillas de cianuro de potasio y otros ácidos fulminantes con la esperanza de confundirlos con una aspirina o con cualquier otro medicamento. También sobre la mesa y los asientos se podían ver navajas afiladísimas, y alguna que otra pistola siempre cargada y sin seguro se encontraba sobre la cama y hasta dentro de la misma bañadera. El salfumán, el matarratas y los insecticidas se guardaban en frascos dentro del refrigerador... Como si todo aquello fuera poco, Mary Avilés había sustraído del zoológico de El Bronx una serpiente cascabel que ahora deambulaba con su escalofriante tintineo por todo el apartamento.

Esa determinación de dejar su muerte a manos de una especie de azar cómplice, culminó ante el fracaso de su último y sexto intento de suicidio. Verdaderamente molesta por la poca habilidad manifestada en el arte de quitarse la vida, a pesar de su incesante práctica, Mary Avilés, influida por un viejo suicida llamado Aurelio Cortés, planificó su fin de la manera siguiente: se tomó veinte pastillas de seconal, colocó una vela encendida en el piso y un cubo lleno de gasolina sobre el escaparate, del techo ató una cuerda y de ella se colgó; en ese momento, sus manos volcaron el cubo de gasolina que debía caer sobre la vela. De esta manera la señorita Avilés estaba segura de que moriría quemada, ahorcada y envenenada, sin que además quedase, como eran sus deseos, casi nada de su persona. Pero el destino parece que dispuso las cosas de otra manera. Con tanta violencia cayó la gasolina sobre la vela que la apagó; Mary Avilés quedó colgada, pero no estrangulada pues el nudo en vez de apretarle el cuello se corrió hasta la barbilla, y como las pastillas la habían adormecido, nada podía hacer la joven en favor de su muerte. Cuando cuarenta y ocho horas después despertó se halló en aquella ridícula posición y tan viva como siempre. Evidentemente la muerte no quería tratos con Mary Avilés, por lo que ésta comprendió finalmente que nada ganaría con provocarla, sino que, por el contrario, debía dejarse tomar por sorpresa. Aunque ella también intentaba estimular esas "sorpresas".

Precisamente cuando Juan tocó a la puerta, la señorita Avilés le tendía uno de sus planes sorpresivos a la muerte. Aunque Juan iba a limpiar los cristales de las ventanas, Mary se le había adelantado y sin cinturón de seguridad pulía desde afuera los vidrios de su apartamento situado a veintiocho pisos del nivel de la calle. Como la puerta no tenía seguro (otra treta de Mary Avilés para ver si algún ladrón la degollaba), el portero entró luego de haber llamado inútilmente. Una sensación de escalofrío lo estremeció al ver a la hermosa joven del otro lado del ventanal, los pies en la cornisa y una mano en el marco superior, mientras que con la otra pasaba la esponja por el cristal. La señorita Avilés lo saludó con su manera habitual y desolada y le suplicó que se sentase cerca de la ventana para poderle escuchar ya que había cambiado de idea y prefería ser ella la que limpiase ese día las ventanas.

Nuestro portero, que sabía de la existencia de la serpiente de cascabel, colocó una silla junto al ventanal y puso los pies sobre sus travesaños a la vez que miraba para todos los rincones.

El mayor encanto que tenían las relaciones con Miss Mary Avilés, incluyendo el supuesto noviazgo, era que ella casi nunca interrumpía los soliloquios de Juan. Desprendida de casi todo lo terrenal, Mary se limitaba a asentir con monosílabos inaudibles, algo así como un *cá* o un *anjá*, característicos de nuestra antigua lengua, el español; en tanto que, en este caso en inglés, nuestro portero se abismaba en el delirio de sus disquisiciones, que en definitiva no tenían ni pies ni cabeza. Imposible poder dilucidar (ya lo aclaramos al principio) qué pretendía o perseguía exactamente el joven con aquellos discursos o monólogos.

—¡Ve, ve, tú eres el nombrado!— se decía ahora en voz alta el propio Juan —diles que otra vez deben nacer. Porque la vida no puede ser...

—No me hables de la vida –protestó sorpresivamente Mary Avilés, deslizándose dentro del apartamento. Ya había terminado con la limpieza y se tiró a reposar en el sofá. Desde allí miró al portero y cambiando de tono agregó: Cuando coja las vacaciones quisiera ir al Gran Cañón del Colorado. Dicen que allí se encuentran los mejores precipicios del mundo.

—Trataré de acompañarte —le dijo el portero. —Pero escúchame un momento.

—Siempre te escucho —protestó Mary Avilés. —Eres tú quien nunca me ha prestado atención, ni has hecho nunca lo que te he pedido.

—Cierto. Porque te aprecio.

—Lo sé, pero yo no quiero que me aprecien, yo quiero que me complazcan.

Ante estas palabras el portero se sentía desarmado, pues su nobleza o su ingenuidad no le permitían dejar sin complacer a nadie, pero los deseos suicidas de su supuesta prometida eran para él inexplicables. Una vez Mary Avilés le puso en sus manos una pistola y le dijo: "Dispárame en la cabeza, es sólo un juego, no está cargada". Afortunadamente nuestro portero revisó el arma y comprobó que estaba equipada con seis balas. En otras ocasiones, tratando de despertar la inconsciente violencia que todo ser humano (aún nuestro portero) lleva dentro, Mary ponía en las manos de Juan cuchillos afilados, punzones y hasta una mandarria, y se tiraba a sus pies, insultándolo... El portero se deshacía de todas aquellas armas y recomenzaba su extraño discurso. Y Mary Avilés hacía silencio.

¿Por qué Juan se consideraba su prometido? Tal vez porque así lo pensaban casi todos los habitantes del edificio. Entre ellos la esposa del encargado, quien, en su inglés insólito, le decía a todo el que quisiera escucharla que había visto al portero y a la señorita Avilés abrazados en la azotea. En realidad lo que ocurrió fue que Mary caminaba de espaldas con intenciones de caer al vacío y el portero la detuvo. De todos modos, también Juan pensaba que haciéndose pasar por su prometido, Mary Avilés podría tomarle cierto apego a la vida al ver que alguien se interesaba en su persona. Y Mary Avilés, como precisamente nada le interesaba fuera de su autoaniquilamiento, acogió aquellas confesiones supuestamente amorosas con benevolente asentimiento, sobre todo para no emprender la difícil tarea de desengañar a un hombre enamorado. Pero también, de alguna misteriosa forma, entre Mary Avilés y el portero había un vínculo especial, algo así como un círculo mágico que si no los unía definitivamente, al menos los atraía. Los dos no parecían seres de este mundo, o al menos vivían —o mejor dicho, existían— como si este mundo o las cosas que este mundo ofrece no les interesasen. Mary Avilés lo que quería era salir urgentemente del mundo, en cuanto al portero, todos sus esfuerzos se resumían en tratar de conducir a la gente a una especie de región desconocida e irreal que él mismo no podía precisar con exactitud dónde estaba, pero que, de eso sí estaba seguro, no se ubicaba en la realidad en que todos vivimos.

Así, de alguna manera, aquellos personajes solitarios y desesperados se entendían. Sí, de alguna manera aquella extraña y diversa locura, que a ambos los consumía, los identificaba, y quién sabe (no podemos afirmarlo), hasta los consolaba.

El caso es que el portero, olvidando la serpiente de cascabel, que no podía andar muy lejos, sacó sus pies del travesaño de la silla y se sentó en el piso junto al sofá donde yacía Mary Avilés mirando la blancura del techo. Juan puso su cabeza en el vientre de la joven y ella, tal vez inconscientemente, le acarició el cabello. El, sin hacer casi ruido alguno, sollozó. Mary Avilés, siempre acariciándolo, cerró los ojos.

—Ya es hora de que vuelvas a la puerta —le dijo la joven al cabo de un rato, como si realmente le interesase que el portero no tuviese problemas con la administración del edificio.

VII

Eran las seis de la tarde. Nuestro portero llevaba ya tres horas abriendo y cerrando la gran puerta de cristal. Como siempre, en esos momentos comenzaron a bajar los inquilinos para realizar el paseo vespertino con sus animales.

El primero en salir fue el señor Friedman, con un enorme y triste perro que mascaba, al igual que su amo, un pegajoso caramelo. Por supuesto, al traspasar la puerta le otorgó ceremoniosamente la consabida confitura a Juan. Luego descendió Joseph Rozeman con sus tres elegantes perras, las que tenían una cualidad que siempre sorprendía al portero: en lugar de gruñir estos animales parecían reír y, lo que era más insólito, exhibían una dentadura tan brillante y regular que no parecía canina sino humana... Con su tradicional alboroto bajó el señor John Lockpez, acompañado por su familia y por casi todos los animales de la casa: aves enjauladas, gatos y perros que tiraban de sus cadenas, insectos en sus frascos y hasta las dos jicoteas, carapacho junto a carapacho, rematando lentamente la comitiva. Como la temperatura era ya otoñal, uno de los hijos del señor Lockpez portaba un calefactor portátil con el que calentaba a las palomas torcazas y algunos insectos. Por su parte, las jicoteas iban enfundadas en sendos forros de lana que sólo dejaban al descubierto patas y cabezas. Mr. Lockpez se sentía sumamente orgulloso de aquellos "trajes tortugales" confeccionados por su esposa... Tiesa y ebria descendió Brenda Hill con su hermosa gata amarilla adornada con lazos rojos y azules. A los pocos segundos apareció la señorita Scarlett Reynolds; tan tacaña era esta acaudalada señora que no poseía animal alguno, pero para no ser menos en relación con el resto de los habitantes del edificio, salía todas las tardes con un gran perro de trapo del cual tiraba —el monigote estaba provisto de una pequeña rueda en cada pata. Miss Reynolds le pidió veinticinco centavos al portero pues le urgía hacer una llamada telefónica y, por motivos económicos, había desconectado el teléfono de su apartamento. Detrás de esta señorita, y entre el estruendo de una inmensa grabadora, desfiló Pascal Junior, el hijo mayor del encargado, arrastrando a cinco perras chihuahuas que había amaestrado hasta tal punto que mientras caminaban bailaban al son de aquella estentórea música; música que, por cierto, no era escuchada por Pascal Junior, pues él llevaba en los oídos sendos audífonos que transmitían los ruidos de otra grabadora más pequeña que le colgaba de la cintura. Muy solemne y vestido como si fuera a una gran recepción, cruzó Arthur Makadam siguiendo al flamante orangután que siempre le precedía con saltos y chillidos de júbilo. El señor Makadam saludó correctamente al portero, le entregó, sin mirarlo, un pequeño sobre y se perdió bajo los árboles con aquella negra bestia. Luego bajó Casandra Levinson con su oso domesticado. Tan políticamente extremista era esta señora que habiendo leído una vez una novela de un autor comunista en la que se decía que los "pobres osos" eran explotados por el hombre en los circos, se había propuesto reparar, al menos en lo posible, aquella injusticia, por lo que trataba a aquel oso como a un ser humano y lo sacaba a la calle sin ningún tipo de cadena. Las malas lenguas, especialmente la de la mujer del encargado, decían que Mrs. Levinson dormía con el oso... Después, para sorpresa y alegría del portero, bajó Mary Avilés con su serpiente de cascabel en una jaula especial desde la cual el ofidio podía ver hacia el exterior pero nadie podía verlo a él. Juan vio como un buen síntoma el que Mary Avilés se hubiese decidido a dar un paseo aunque fuese con una serpiente. Siguiendo a Mary Avilés descendió uno de los dos Oscares con un enorme perro buldog a quien precedía un conejo aterrorizado. Aunque generalmente los Oscares salían juntos, uno con el conejo y el otro con el perro siempre a punto de darle alcance, esta vez sólo uno realizaba aquella complicada maniobra de pasear conjuntamente a los dos animales sin que llegaran a encontrarse (maniobra que no le impidió mirar atentamente hacia las entrepiernas de nuestro portero). Cuando ya casi todos los inquilinos habían salido, descendió Mr. Stephen Warrem con su ejemplar único, Cleopatra. Al parecer se trataba de una perra de la más sofisticada raza árabe, se decía que venía directamente de los sagrados perros que poblaron el palacio de la gran reina de Egipto de la cual tomó su nombre y que era la última de la estirpe de aquella familia. Cleopatra: cuatro patas casi invisibles de tan finas y largas terminadas en pezuñas que parecían córneas humanas, cuerpo espigado y nervioso que terminaba en una cola centelleante, cuello aún más largo que las patas y finísimo hocico con orejas de terciopelo y ojos violetas. Su pelo era de un negro intensísimo y sus ojos, además de un insólito color, lanzaban un fulgor inquietante. Con el hocico elevado y la vista al frente, su andar era parsimonioso y solemne. Realmente parecía un animal mitológico. Jamás aquella perra —así lo confesaban los Warrem y todos los vecinos— había ladrado, nunca, tampoco, había gruñido ni se había quejado, ni mucho menos había meneado la cola. Dormía de pie y, salvo Mr. Warrem y Mrs. Warrem, a quienes de vez en cuando miraba con altivez y desprecio, nadie había podido tocarla. Cuando los inquilinos se reunían en el lobby con sus animales, no se podía lograr que Cleopatra saliese del elevador. Por eso los Warrem esperaban a que todos hubiesen salido, o a que no hubiera nadie en el salón para sacar a su ejemplar único que, entre paréntesis, era también el único animal que poseían y, según datos confirmados por nosotros, les había costado un millón de dólares en una subasta sensacional realizada hace cinco años en El Cairo. Lo cierto es que Cleopatra no parecía pertenecer a ninguna raza conocida de perros, ni se le relacionaba con semejante alguno. Desde luego, ni remotamente se podía concebir que aquella perra se fuese a ayuntar con algún perro viviente. De manera que no cabía la menor posibilidad de prolongar su estirpe... Cada vez que Cleopatra cruzaba junto al portero, éste la miraba con una extraña inquietud y también con un inexplicable respeto. La perra, sin embargo, se limitaba a esperar a que Juan le abriese la puerta, y, altiva y remota, salía al exterior seguida por Mr. Warrem o por Mrs. Warrem, quienes a pesar de todo el lujo con que vestían parecían, detrás del animal, unos sirvientes.

Juan pensaba, aún embelesado, en Cleopatra, cuando un concierto de trinos dentro del mismo lobby lo sacó de su ensimismamiento. Se trataba del señor Skirius a quien su último invento lo había retrasado. Walter Skirius avanzó jubiloso por el salón mientras cerca de su cabeza planeaba una docena de pájaros de diferentes tamaños, registros y plumajes. Al pasar frente al portero, Mr. Skirius hizo una reverencia y los pájaros gorjearon al unísono como si también saludasen a Juan; al instante se posaron sobre los hombros del inventor, quien haciéndole una señal de despedida al portero agitó una mano. Juan comprendió entonces que aquellos pájaros no eran más que otro de los tantos inventos mecánicos del señor Skirius, genio de la electrotécnica del que también hablaremos más adelante.

Cuando el piar de los pájaros mecánicos se fue apagando, el portero extrajo el sobre que le había entregado Arthur Makadam.

VIII

Arthur Makadam había gastado casi toda su fortuna en lo que él llamaba la búsqueda del amor. Al aparecer no lo había encontrado, pues aún seguía derrochando los pocos fondos que le quedaban. Había viajado por casi todo el mundo y había tenido relaciones con mujeres de diferentes edades, razas, culturales y creencias. Pero todas esas aventuras, algunas nada despreciables, no le habían proporcionado plenitudes duraderas, ni siquiera un goce tan intenso que pudiese ser recordado y con esa evocación hallar cierto sosiego y también cierto placer. Ahora que evidentemente no era el joven, ni siquiera "el honmbre de cierta edad" que a través de sus condiciones personales pudiese seducir a mujer alguna, Arthur Makadam se sentía más solo, insatisfecho y desesperado que nunca. Era un viejo —cierto que esbelto y con un potente cabellera que el se teñía de negro— y el placer le llegaba exclusivamente por intermedio del dinero, esa moderna Celestina que hace más milagros que todas las que le precedieron. Su batalla contra el tiempo, como todo el que se empecina en no darse por vencido y aceptar su triunfo (el del tiempo, desde luego), adquiría cada día proporciones más ridículas. Sus trajes era de colores cada vez más subidos (verdes, amarillos, intensamente anaranjados), llevaba un espeso maquillaje, espejuelos oscuros, bigote también teñido, uñas pulidísimas y aquel andar que a fuerza de parecer juvenil era estirado o bamboleante. Todo en él contribuía a exaltar no una juventud que ya no tenía, sino una vejez que al tratar de maquillarla se volvía caricaturesca. Como si toda aquella suma de calamidades, digamos naturales, no hubiesen sido suficiente para desalentar al señor Makadam en sus incesantes poses de don Juan, también había sido azotado por varias enfermedades venéreas que, aunque sofocadas, hanbían dejado sus huellas y por no pocos atracos y chantajes realizados por verdaderas expertas en esa materia. Por último, y esto parecía ser el golpe de gracia de su vida aventuresca, el señor Makadam se quedó impotente. El fin de una carrera de libertinaje, pedantería y desolación parecía concluir, pero en ese momento Mr. Makadam descubrió (o creyó descubrir) que el verdadero placer no es el que se recibe sino el que se proporciona y que, en fin, el auténtico goce sexual consiste no en gozar sino en hacer gozar a los demás; en este caso, a aquellas mujeres descomunales y (justo es confesarlo) prodigiosamente equipadas que eran las preferidas de Arthur Makadam. ¿Pero cómo proporcionarles el placer a aquellas mujeres, por lo demás experimentadísimas, si el instrumento de combate ya ni siquiera podía presentar batalla? Aunque (justo es también confesarlo) mediante un hábil ejercicio masturbatorio, el señor Makadam aún podía disfrutar del orgasmo. Lo primero que hizo Mr. Makadam fue consultar a los expertos en materia sexual.

Recorrió casi todos los establecimientos neuyorquinos que bajo el rótulo general de Book and sex suplies ofrecían todo tipo de lubricantes, vibradores, falos mecánicos, falos plásticos y un ceremil de mercadería erótica catalogada como "ayuda sexual". Provisto de todos aquellos utensilios el señor Makadam comenzó su nueva vida voluptuosa. Y hay que reconocer que "los instrumentos" fueron de gran utilidad. Con tantos años de práctica, el señor Makadam sabía excitar prodigiosamente a cualquier mujer; sólo en el momento culminante se veía obligado a acudir a "los utensilios", los cuales por ser precisamente mecánicos casi nunca fallaban. De esta manera los espasmos de la invitada de turno se podían aún confundir con los espasmos autoprovocados por Mr. Makadam. Justo es reconocer también que el señor Makadam lograba, a través de juegos de luces y efectos acústicos, un clima tan alucinante que ninguna de aquellas mujeres llegaron a enterarse de que no era precisamente el miembro viril de Arthur Makadam lo que les proporcionaba tan extraordinario placer. Irónicamente, cuando el señor Makadam arribaba a su impotencia total adquirió la nada despreciable fama de ser un hombre extremadamente viril, infatigable y complaciente. La noticia, desde luego, llegó a oídos de Brenda Hill a través de la mujer del encargado. Inmediatamente Brenda Hill se las arregló para extenderle una invitación al señor Makadam y de esta manera obtener sus servicios. Pero el señor Makadam no podía trasladar impunemente, o de una manera inadvertida, sus utensilios sexuales por lo que prefirió invitar a la Hill a su casa. Ya cuando la batalla parecía haber sido ganada por Arthur Makadam, Brenda Hill se incorporó, alargó una mano y palpó con desencanto y furia unos hermosos testículos de goma —lo demás estaba dentro de su organismo. Brenda Hill abofeteó al señor Makadam, llamándolo impostor, estafador y traidor. La bofetada lo excitó aún más aunque la ofensa lo desmoralizó enormemente, por lo que el señor Makadam intentó justificarse diciendo que se sentía indispuesto pero que para la próxima semana le prometía un acto plenamente auténtico. Brenda Hill le respondió que así lo esperaba o de lo contrario lo demandaría por atropello sexual, y se marchó ofendida. Durante toda aquella semana el señor Makadam vivió en el más absoluto de los desasosiegos. El conocía —por sus largos años de experiencia— el peligro y la humillación pública que significaba dejar a una mujer insatisfecha en la cama. Robos, golpes, traición y hasta el mismo intento de asesinato podían ser tolerados, todo menos dejarla insaciada. Por otra parte, independientemente del descrédito público y de la misma demanda judicial, para el señor Makadam, que había dedicado toda su vida al sexo, dejar a medias a la señora Hill era un deshonor que no podía de ningún modo admitir... Esta vez en lugar de los establecimientos comerciales de la calle 42, Mr. Makadam consultó a verdadero expertos, hampones y prostitutas geniales que habitaban apartamentos que eran verdaderos palacios. Un día antes de la cita con Brenda Hill, Arthur Makadam regresó a su casa con aquel simio gigantesco y amaestrado al que nuestro portero le hizo una reverencia... Esa noche, perfumado y vestido con la ropa del señor Makadam, en medio de una tiniebla absoluta que Mr. Makadam había creado paulatinamente, el mono hizo las delicias de Brenda Hill, mientras a su lado, emitiendo mil jadeos y frases voluptuosas, el mismo señor Makadam intentaba masturbarse. Al terminar la cópula el animal se introdujo (tal como estaba previsto) en un closet aledaño. Se encendieron las luces, y Brenda Hill pidió de inmediato que se repitiese la sesión. Pero el señor Makadam, pretextando una cita urgente con otra dama, se vistió y acompañó a la invitada hasta la puerta. Allí se despidieron como dos verdaderos enamorados... Al parecer las cosas hubiesen marchado maravillosamente, tanto para el señor Makadam como para Brenda Hill, sino hubiese sido porque el mono le tomó un extraordinario cariño a la señora. Así, una noche en que Brenda Hill llegaba a su espasmo en el mismo instante, desde luego, que Arthur Makadam y el orangután, éste, en el colmo del placer, comenzó a emitir tales chillidos que por muy imbuída en el goce que estuviera la señora no pudo menos que comprender que aquellos alaridos no provenían de garganta humana. Brenda Hill apretó fuertemente a su partner metiendo las manos por debajo del traje del señor Makadam y entonces comprendió por qué éste quería hacer siempre el amor completamente vestido y hasta con guantes. Debajo de toda aquella costosa indumentaria masculina no había más que la tupida pelambre de un mono lujurioso... Esta vez la furia y las amenazas de la señora Hill llegaron al proximo. Mientras el simio aún gemía de placer, ella se incorporó y, luego de golpear repetidamente al señor Makadam, le prometió solemne y definitivamente llevarle a la corte por bestialismo y sadismo. El señor Makadam arregló provisionalmente el asunto extendiéndole un cheque por mil dólares y asegurándole para la próxima cita un encuentro al natural y absolutamente satisfactorio. Mal calmada, la señora Hill le dijo que por qué no realizaba el "encuentro" en ese mismo instante, pero Arthur Makadam, aludiendo otra vez una urgente cita, lo postergó para la próxima semana. Brenda aceptó a regañadientes, diciendo que mantendría en suspenso su demanda hasta ver los resultados de la futura confrontación.

Fue entonces cuando el señor Makadam reparó en nuestro apuesto portero y cuando le entregó la nota, invitándolo a su apartamento... Y ahora, Juan, vestido con el mejor traje de Mr. Makadam y perfumado con su mejor colonia, poseía con verdadera euforia (no lo vamos a negar) a la señora Hill cuyos gritos de júbilo se confundían con los gruñidos del mono que a la fuerza permanecía encerrado en un closet, y con los gemidos de Arthur Makadam que mientras se masturbaba, lloraba y a la vez reía. Ahora, pensaba en la oscuridad y cerca de los fornicantes, mi prestigio no podrá ser puesto en tela de juicio. Pero en ese momento —y ya la señora Hill llegaba a la cúspide de un nuevo orgasmo— el orangután, en un rapto de incontrolables celos, rompió la puerta de su encierro y se interpuso entre el portero y la señora soltando enormes alaridos.

Por el lujoso pasillo central del edificio vimos correr a nuestro portero a medio vestir —quien rápidamente pudo escabullirse—, a Brenda Hill en blumer perseguida por un mono vestido de hombre al que ella amenazaba con una demanda judicial y, detrás de todos ellos, el señor Makadam completamente desnudo, ay, y calvo (hasta a nosotros nos había engañado al respecto), tratando de contener la estampida.

Brenda Hill levantó inmediatamente la prometida demanda (animalia, crueldad mental, sadismo, abusos lascivos...) contra Arthur Makadam y contra el mono, pero esa misma noche ambos desaparecieron aunque por distintos rumbos.

IX

—Cierto, desaparecieron, pero eso no significa que hayan muerto o que estén en la cárcel. Están sencillamente en otro planeta, en su planeta. Porque eran seres extraterrestres.

Todo eso era explicado sosegadamente a nuestro portero por el señor Walter Skirius, el inventor.

—Así es —aseguraba Juan, quien no solamente como portero no podía contradecir las opiniones de los inquilinos sino que además le gustaba apoyar las tesis del señor Skirius por muy atrevidas que estas fueran y, en general, lo eran.

—Jamás en toda la historia de la zoología —profetizaba el señor Skirius —se verá a un simio natural con la inteligencia y lealtad que tenía el del señor Makadam. Claro, seguramente es un producto electrónico fabricado por seres de otro mundo.

—Es muy probable —aseveró nuestro portero y poniendo una expresión interesada se dispuso a escuchar alguna extraña teoría científica o una larga disquisición sobre los seres interplanetarios.

Debemos apresurarnos a aclarar que el señor Walter Skirius no era uno de esos típicos fanfarrones de la técnica que diariamente están inventando naves espaciales o máquinas para leer el pensamiento. El señor Skirius era realmente un inventor y aún más, era un devoto de la invención, un verdadero creyente en la ciencia y un investigador incesante. Tal vez por eso mismo nuestro portero sentía hacia aquel hombre una especial atracción. En el fondo entre ellos dos habían ciertas semejanzas: los dos buscaban o deseaban algo que siempre sobrepasaba hasta las mismas metas propuestas. De esta manera, nuestro portero veía que aquel ser tocado por una suerte de desequilibrio o delirio por la investigación a un militante potencial para su causa.

Pero también algo semejanhte ocurría con el señor Skirius en relación a nuestro portero. Como éste era el único ser humano que lo escuchaba pacientemente, Mr. Skirius veía en el portero al discípulo que era necesario instruir.

Juan ya conocía casi todos los inventos del señor Skirius entre los cuales deben señalarse, naturalmente, los pájaros electrónicos y otros tipos de animales mecánicos. También había inventado un televisor que proyectaba a la vez y en una misma pantalla todos los canales, mezclando las más incongruentes acciones, paisajes y épocas... Sin moverse del teléfono y marcando el número 7 el señor Skirius podía abrir la puerta de su apartamento, con otro número la cerraba y con un tercero le pasaba el doble cerrojo. Un botón de la radio servía para echar a andar la lavadora eléctrica, a la vez que al descargar la taza del inodoro, de acuerdo con la intensidad con que manipulase la palanca podía poner en funcionamiento el tocadiscos, la radio o la grabadora indistintamente. El picaporte de la entrada estaba conectado con los enchufes eléctricos de manera que las luces se encendían o se apagaban al cerrar la casa. Y desde la cama, a un movimiento de la colchoneta que era desde luego electrónica, el señor Skirius podía prender el horno, poner a funcionar la aspiradora automática o abrir y cerrar las ventanas de la terraza.

Muy famosa fue su invención del palillo de tendedera lumínico que no pudo finalmente patentizar y que, se aseguraba, le había evitado serios accidentes a las amas de casa campesinas que tendían la ropa en el patio y la recogían por la noche. Dentro del género de los objetos lumínicos, el señor Skirius también había sido el creador de los libros para ermitaños, volúmenes con letras fosforescentes que les permitían a las personas alejadas de la civilización leer a cualquier hora de la noche. Pero uno de sus inventos más sonados (hasta el entonces alcalde de Nueva York, el señor Koch, lo apoyó) fue el del gorro imantado para drogadictos. Teniendo en cuenta la inmensa cantidad de personas adictas a las drogas que había y hay en Nueva York y que las mismas, en la mayoría de los casos, no podían mantenerse en pie, el señor Skirius había logrado que todos esos tambaleantes seres, al ponerse el gorro o casco imantado que siempre se dirige al Polo Norte y por lo tanto a la altura, se mantuviesen perentoriamente de pie. Evidentemente, pensaba nuestro portero, el invento era una copia en grande de aquellos muñecos de nuestra infancia que aunque los pusieramos de cabeza siempre volvían a su posición original... Cierto que actualmente, 1992, el gorro imantado ha pasado de moda, desechado por los mismos drogadictos quienes al no caer al suelo no se consideran completamente drogados y también (hay que confesarlo), perseguido por la policía a quien con ese invento le era muy difícil distinguir a una persona drogada de un cadáver al que — para despistar— los asesinos le hubiesen colocado el famoso casco o gorro. A veces sólo el hedor del extinto lo hacía reconocible como tal... Ya casi ajeno a esos éxitos, el señor Skirus trabajaba ahora en una "derretidora de nieve prematura", aparato que desintegraría la nieve antes de que cayese a la tierra mediante unos rayos de alta tensión.

Pero si fascinantes resultaban aquellas invenciones, digámoslo así, de carácter civil, más fascinantes e insólitas eran las innovaciones que sobre su propia persona, el señor Skirus, había llevado a la práctica.

Como sostenía la tesis de que el cuerpo humano no era más que un torpe mecanismo atestado de órganos peremnemente fatigados, vulnerables, sometidos a todo tipo de interferencias, las enfermedades, las intoxicaciones, las malas digestiones, las nuevas epidemias, los accidentes, el frío, el calor, ay, y la vejez, el señor Skirius se había propuesto suplantar casi todos los órganos naturales por perfectas y potentes réplicas mecánicas. Ya se había amputado una pierna que había manifestado síntomas reumáticos, sustituyéndola por una de hierro tan perfecta en su estructura y funcionamiento que sólo una leve cojera la diferenciaba de la normal. Una de sus manos tampoco era natural, como tampoco lo eran gran parte del intestino delgado, un pulmón, los dos riñones, el cabello, ambos testículos, la próstata y un ojo que no funcionaba como tal —aunque eso sólo lo sabían el señor Skirius y nosotros.

Precisamente en aquellos momentos, el señor Skirus alentantaba a nuestro portero a que se cortase un brazo, el izquierdo, que era el que utilizaba siempre para abrir la puerta.

—Mueves ese brazo tantas veces al día que ya debes tenerlo adolorido —le decía Walter Skirus—, si fuese mecánico no sólo no sentirías pena alguna, sino que podrías trabajar mucho más rápido.

—Es verdad —afirmaba nuestro portero y aunque no se había decidido a dejarse cortar el brazo, tampoco dejaba de contemplar esa aposibilidad, no porque le hiciese gracia quedarse manco, sino porque de esa manera lograría un gran acercamiento sentimental hacia el inventor y tal vez entonces podría ganárselo para su causa. Esto es, para la búsqueda conjunta de aquella insólita puerta que Juan se afanaba en encontrar sin saber cómo.

—En realidad —afirmaba ahora el señor Skirius— somos burdos animales condenados a la putrefacción— y aquí, al llevarse una mano a un artefacto electrónico colocado en el pecho y que comunicaba con las cuerdas vocales, su voz se hizo trágica, casi desesperada. —Estamos aún remotamente lejos de la absoluta perfección —agregó, y manipulando otro mecanismo, éste cercano al cuello, su timbre de voz logró una serenidad absoluta —pero algún día todas esas deficiencias serán superadas, pues, ¿por qué, por ejemplo, tener que servirnos de instrumentos ajenos cuando nosotros mismos podríamos ser esos instrumentos? —y aquí, a una ligera manipulación de la caja de controles de la sensibilidad, la voz del señor Skirius adquirió un tono optimista —¡No¡ ¿Por qué tener que meternos en una peligrosísima caja para volar cuando podríamos volar, saltar, nadar a velocidades mucho mayor que cualquiera de esos aparatos? ¿Sabes lo qué significa pasarse la vida entera metido dentro de un automóvil?— y otra vez, a una manipulación de los botones, la voz de Mr. Skirius se hizo baja y quebrada. —¿Sabes lo que significa estar siempre a merced de la locura del que marcha detrás o delante de nosotros? Nuestra vida transcurre frente a una luz roja, o cruzando un túnel, o esperando una orden para despegar o para aterrizar, y eso sin contar con los retrasos y los cambios de horario. Saque usted la cuenta del tiempo que vive y verá que es muy poco. Y ese poco tiempo que nos queda tenemos que emplearlo en mil tareas estúpidas pero ineludibles, lavar la ropa, prepar la comida, abrir y cerrar la puerta, limpiar la casa, ir al médico, cepillarse el pelo, descargar el baño...

—Pero usted ya ha superado muchas de esas cosas —le dijo en tono alentador nuestro portero, viendo que el señor Skirius, luego de haber presionado otro botón, casi lloraba.

—¡Pero aún no ha hecho lo suficiente¡ ¡Aún no he logrado lo que deseo¡ —reaccionó violentamente Mr. Skirius, dándole mayor voltaje a su voz, de manera que la señora Levinson que espiaba desde el pasillo aquel extraño diálogo se sobresaltó. —¡No es suficiente¡ — volvió a proclamar la voz metálica del señor Skirius, quien ahora como poseído por una especie de pasión caminaba a toda la velocidad que su mecanismo se lo permitía por el salón a la vez que enumeraba las conquistas que la invención le tenía reservada a la humanidad; conquistas que, desde luego, sería él quien las realizaría: las piernas, al ser metálicas, no sufrirían esos incesantes golpes en las canillas que casi diariamente padecemos; los dedos, cuando fueran unos bellísimos tentáculos de aluminio no estarían expuestos al frío, a las quemaduras, a los pinchazos, torcerduras, quebraduras y dislocamientos que incesantemente padecen. —Ay, amigo, ¿y qué me dice usted de los ojos, tan frágiles y tan necesarios?

Y aquí el señor Skirius se detuvo de nuevo frente al portero y su voz volvió a tomar un tono sobrio y profundo: —los ojos, tal vez lo más valioso de nuestro organismo y a los que una brisa puede empañar y una chispa cualquiera puede cegarlos.

—Cierto, cierto —asentía nuestro portero a quien las ocho horas que pasaban bajo las lámparas del gran salón le irritaban sobremanera los ojos.

—¿Y qué me dices de la garganta? Tan sensible a los líquidos calientes como a los helados, a las cosas picantes como a las saladas, a la humedad, al polvo...

—Muy cierto, señor —volvió a afirmar nuestro portero, pensando que aquel hombre lo que necesitaba era un buen consejero que orientase su búsqueda hacia perspectivas más amplias. Y él, Juan, sería desde luego, el encargado de ayudarle.

—¡Y en cuanto a las uñas¡ —gritaba la voz metálica del señor Skirius, mientras golpeaba con una de sus uñas artificiales el cristal de la puerta— ¿puede haber algo peor que una córnea encajada? ¿Y qué me dice usted de los dientes (si es que los tiene), espejos de nuestra vejez y causa de incesantes dolores, gastos y calamidades? ¿Y de la lengua? Uno de los órganos más preciosos del hombre y sin embargo, expuesta siempre a cualquier infección o agente exterior, desde un insecto hasta un minúsculo grano de polvo o un beso contaminado.

—Estoy de acuerdo —volvió a certificar nuestro portero ante el entusiasmo in crecendo del señor Skirius que seguía girando a su alrededor.

—¿Pero no sabía usted —y la mano mecánica de Mr. Skirius tocó con su índice de acero el uniforme del portero —, no sabía usted que la lengua también puede ser reemplazada por un órgano perfecto, no una burda copia si no algo más dinámico, ligero, ultrasensible y resistente? ¿No sabe usted que existen miles de sabores ignorados por nuestro paladar?

—A la verdad que lo ignoraba.

—Pues ya no lo va a ignorar más —le gritó a Juan con voz estentórea el señor Skirius. Y en el colmo del júbilo y de la satisfacción creadora, se detuvo frente al portero diciéndole: —Vea, este es mi último invento —y abrió la boca a todo lo que le permitían sus mandíbulas.

El portero pudo ver, asombrado, que también el señor Skirius había logrado sustituir su lengua por una lámina mecánica fina, flexible y resistente.

—¡Es increíble! —exclamó Juan.

Entonces el señor Skirius, enfatuado por aquel triunfo, quiso demostrarle a nuestro portero que aquella lengua y hasta la misma garganta, ya platinada, no sólo le servían para hablar a la perfección en cualquier tono de voz, sino también para cantar; sí, y con una voz aún más poderosa que la de los más famosos barítonos y tenores. Y en efecto, el enorme y lujosísimo edificio se estremeció cuando el señor Skirius entonó uno de los pasajes más difíciles de Il Trovadore. Aquella voz potente, sensible, fresca y modulada era verdaderamente extraordinaria, bajaba y subía con tal armonía que hasta la misma señorita Reynolds en su apartamento suspendió por un minuto sus cálculos financieros, y hasta los Pietri, que es mucho decir, bajaron el volumen de sus grabadoras. Pero, súbitamente, de la garganta del señor Skirius no salieron arias geniales sino llamaradas. Era una especie de fuego verde que por poco no le quema las pestañas a nuestro portero, pues salía como impelido por un soplete. Mr. Skirius levantó el brazo mecánico y desesperadamente lo llevó hasta la tabla de contoles del pecho, pero las llamas no sólo no se extinguieron sino que se multiplicaron haciéndose cada vez más extensas. Evidentemente, algo en aquel complejo mecánico que era el organismo del señor Skirus se había trastocado provocando un fatal corto circuito. Como un dragón enloquecido, Walter Skirius saltaba ahora por todo el salón mientras el portero lo seguía aterrado tratando de prestarle una ayuda que él desconocía.

En ese momento hizo su aparición Casandra Levinson con el extinguidor de incendios del edificio. Con indiscutible serenidad sofocó el fuego en pocos minutos. Cuando hubo terminado, sobre el piso sólo quedaba un montón de cables chamuscados, enrollados a unos huesos.

—Subamos a mi apartamento y llamemos a la policía —le dijo Casandra Levinson a nuestro portero, tomándole por una mano.

X

Ya en su apartamento, la señora Levinson dio parte a la policía y le ofreció un trago a Juan.

—Ya vienen a recoger el cadáver —dijo refiriéndose al montón de cables que yacían en el salón. —Realmente, no me impresiona su muerte. Mr. Skirius era la expresión máxima del mecanicismo y la absurda tecnología imperialista —sentenció profesoralmente Mrs. Levinson y al momento olvidó este asunto, pasando a su eterno tema de conversación con el portero: su posible rehabilitación política.

Sí, porque Casandra Levinson, además de ser un miembro del Partido Comunista de los Estados Unidos —derecho que nadie le discute— y profesora de ciencias políticas en la Universidad de Columbia, con honorarios de ochenta mil dólares anuales, era además un instrumento directo y fanático del dictador cubano y se había impuesto como tarea filosófica y como deber moral y hasta "humano" convencer a nuestro portero (quien había vivido diecisiete años de hambre y humillación bajo el sistema comunista y que había salido huyendo en un bote), que aquello que había dejado atrás era nada menos que el paraíso.

—Usted podría ser perdonado —le decía ahora a Juan en tono sentencioso, comprensivo y a la vez autoritario. —Eres joven, seguramente no sabes lo que has hecho. No eres un depravado ni un lumpen, ni un explotador. Tu sitio no está aquí.

Juan se preguntaba si ella se consideraba una explotadora o una depravada ya que tampoco se decidía a abandonar este país. Pero Casandra Levinson seguía hablando y su discurso le recordaba al portero las mismas palabras, la misma hipócrita retórica de los agentes del Ministerio del Interior, cuando ya asilado en la Embajada del Perú en La Habana, luego de haber tratado de rendirlo por hambre junto a diez mil ochocientas personas apelaban ahora a una serie de "principios sociales y morales" para que desistiese en sus intenciones de abandonar el país... Ante las palabras de esta profesora, nuestro portero a pesar de su diplomacia para con los inquilinos no podía evitar cierta irritación. Después de todo, aquellos agentes nativos que lo querían convencer para que se quedase en Cuba tenían que permanecer allá y padecer, tal vez en grado menor, pero siempre intolerable para un ser humano, los desmanes del sistema. En realidad, pensaba Juan, Casandra Levinson era algo más dañino e inmoral que los mismos verdugos del régimen. Se trataba de alguien que vivía a costa del infierno sin padecer sus llamas.

—Tu caso puede ser estudiado —prometía ahora la profesora, tuteando ya al portero.

Ella iba a Cuba dos o tres veces al año. Se hospedaba gratuitamente en los mejores hoteles y además de recibir las orientaciones pertinentes, desataba una actividad sexual tan intensa que al regresar venía convertida en una dama respetabilísima, casta y moral que practicaba casi devotamente la abstinencia.

—Tus contradicciones con el régimen no pueden ser antagónicas...

Tocada por una suerte de revancha antidiscriminatoria que la volvía racista, Casandra Levinson sólo se acostaba en Cuba con hombres de la raza negra y, tal vez por camaradería política, con los miembros del Comité Central del Partido, fuesen éstos de cualquier color.

—Estoy segura de que tú podrías ser rehabilitado y volver a tu país...

Ella llegaba a la isla con varias maletas repletas de pañuelos, desodorantes, medias, perfumes, calzoncillos atléticos, trusas y otros artículos que allá están racionados o que no existen y que aquí podía comprar por una bagatela. Con ellos, la cincuentenaria militante estimulaba a los jóvenes, quienes a veces por la promesa de un par de medias o de una camiseta eran capaces de provocarle múltiples espasmos.

—Y aún cuando no quisieras volver (comprendo que es difícil adaptarse a la austeridad de un país en revolución) podrías trabajar para la causa desde aquí y dejar de ser un traidor.

—Yo salí de Cuba para no seguir siendo un traidor —dijo el portero con el mismo tono contenido con que repetía esta respuesta cada vez que el diálogo llegaba (y siempre llegaba) a este punto.

Entonces Casandra Levinson, irritada por no haber podido convencer con sus palabras extraidas del Manual del Perfecto Comunista publicado por las ediciones del Niorte en la que ella tenía acciones, a aquella oveja descarriada por la que parecía sentir alguna estimación, iba hasta la jaula donde el oso, evidentemente inquieto por lo prolongado de aquella conversación con el portero (era un animal celosísimo), había comenzado a gruñir. Casandra pasaba sus huesudas manos por el hocico de la bestia y por toda su pelambre teñida de negro.

El oso dejó de gruñir y Casandra volvió al ataque ideológico.

—¿No se da usted cuenta? —ahora volvía a tratar a Juan de usted— de lo miserable de su vida, abriéndole la puerta a gente que lo desprecia y lo considera inferior.

—También le abro la puerta a usted —le respondió el portero —y no creo que usted me desprecie. Y si ellos me desprecian, yo los aprecio; además, quiero ayudarlos. Yo quiero abrirles no esta puerta, sino otras...

—¡Puro idealismo burgués¡ —protestó Casandra Levinson —la única ayuda que puede usted brindarle a la humanidad es incorporándose a la lucha de clases hasta lograr el triunfo de los obreros.

—Soy un obrero y vengo de un sitio donde, según usted, se ha ganado esa batalla.

—Porque estás confundido. Allá los enemigos del sistema te llenaron la cabeza de musarañas.

—Allá los enemigos del sistema lo único que pueden llenar son las cárceles. La libertad...

—¡No me hable de libertad¡ —protestó ofendida la señora Levinson. —¡Usted no sabe lo que significa esa palabra!

—Si no lo supiera, cómo podría explicarme que usted y yo podamos sostener impunemente esta conversación —objetó amablemente nuestro portero, e intentó despedirle aludiendo que había dejado abandonada la puerta.

—Sí, vaya a atender a sus amos —le respondió Casandra Levinson, pero en vez de dejarle marchar se sentó junto a él y le tomó las dos manos mirándolo fijamente. La señora Levinson seguramente pensaba que su fija mirada de militante tenía poderes hipnóticos y que de un momento a otro el portero caería a sus plantas, súbitamente convertido al marxismo. Pero no fue así; Juan, una vez más, pidió disculpas y quiso retirarse.

—Tengo que barrer el lobby y limpiar la alfombra. Siento mucho la muerte del señor Skirius —terminó diciendo con tristeza.

—El señor Skirius era una víctima de esa sociedad de consumo —volvió a la carga la señora Levinson. —En Cuba ese accidente nunca le hubiese ocurrido.

—Cierto —dijo el portero —pero tampoco él hubiese existido.

Y como, momentáneamente, Casandra se quedó sin respuesta, Juan le hizo una reverencia y salió del aparamento.

XI

En el pasillo, nuestro portero se recriminó a sí mismo por haberse comportado de aquel modo con la señora Levinson. No es que pensara que ella tuviese razón, desde luego que no la tenía, pero eso en definitiva carecía, para el caso, de importancia. Nuestro portero se recriminaba en voz alta por no haber sabido conducir la conversación hacia otros tópicos más cercanos a sus fines. El problema radicaba en que en lugar de acercarse a Casandra Levinson lo que había conseguido era alejarse de ella.

Ya de nuevo en su puesto, su rostro se ensombreció aún más mientras pensaba que, de una u otra manera, sus esfuerzos para ganarse la amistad de los inquilinos y luego encaminarlos hacia la gran puerta habían hasta ahora fracasado. Ni el señor Lockpez, ni Mary Avilés, ni Mr. Makadam, ni Roy Friedman y muchos menos Casandra Levinson habían sido ganados para su causa.

Y ahora, precisamente, entraban todos los inquilinos con sus respectivos animales. Jospeh Rozeman y sus perras sonrieron mecánicamente. Miss.Reynolds le pidió una vez más a Juan la consabida peseta y sin darle las gracias marchó muy tiesa con su perro de trapo. John Lockpez le tocó la nariz y siguió presuroso con su cortejo de animales. Juan abría y cerraba la puerta saludando respetuosamente... Estaba en esas labores cuando un huevo lanzado con fuerza desde el pasillo estalló en su rostro. Evidentemente, Pascal Junior o su hermana hacían de las suyas. Juan tendría una vez más que darle las quejas al encargado, padre de los muchachos, quien ningún caso le haría. Pero por ahora ni siquiera podía abandonar la puerta pues el desfile de los inquilinos continuaba.

Rápidamente nuestro portero se limpió la cara con el pañuelo y con las manos pero no pudo cambiar la expresión de tristeza que lo dominaba. Y aunque no tenía motivos para ello, tuvo miedo de que aquella tristeza lo abandonara, pues sabía que entonces una desolación aún mayor se apoderaría de él. Fue entonces cuando sintió que algo húmedo pasaba lentamente por una de sus manos, como lamiéndola. Juan bajó la vista y quedó estupefacto al ver que Cleopatra, aquella perra de raza extinguida e insólita, le pasaba la lengua suavemente en tanto que Stephem Warrem contemplaba atónito la escena.

—Debe ser por el huevo que me tiraron —se justificó avergonzado el portero. —No es culpa mía, señor, son los hijos del super que siempre me están molestando.

—No, no, no es eso —dijo ensimismado y confuso el señor Warrem mientras esperaba paciente a que Cleopatra terminase su labor.

El portero iba a retirar compungido su mano de la lengua de Cleopatra pero Mr. Warrem lo detuvo.

—¡No se mueva! —dijo— ella sabe lo que hace.

—¿Usted cree? —se atrevió a aventurar el portero.

—¿No le han explicado a usted que Cleopatra es la perra —y aquí bajó la voz como si la palabra perra fuese una ofensa hasta para la misma perra— más inteligente del mundo, que he pagado por ella una fortuna, que todos sus movimientos están perfectamente regulados que es incapaz de un acto gratuito y mucho menos de una manifestación de confianza de esa envergadura con nadie, ni siquiera conmigo mismo? Y ahora usted, al portero (perdón, no quiero ofenderlo, pero es usted el portero), así, sin conocerlo, le ha lamido una mano.

—Era el huevo —volvió a justificarse modestamente Juan.

—¡No diga estupideces, hombre. ¡Como el huevo¡ ¡Cree usted que Cleopatra es una vulgar perra huevera. Si anda usted con las manos sucias es un problema suyo que además debe evitar. Pero si Cleopatra le lame esa mano es por algo muy serio que debo investigar urgentemente.

En tanto, la perra había terminado con sus lamidas y retomando su señorial solemnidad echó a andar.

El señor Warrem se vio obligado a despedirse del portero, pero antes le dijo que seguramente el doctor de Cleopatra (evitaba decir el veterinario) querría conversar con él. No, no es que temiese que el portero padeciese alguna enfermedad contagiosas. Pero, por si acaso, creo que lo mejor sería que el especialista de Cleopatra lo examinara.

—Por favor, trate de estar disponible mañana a cualquier hora.

Y como Cleopatra entraba ya en el ascensor, Mr. Warrem se marchó apresurado. Pero súbitamente retrocedió y con suma elegancia y rapidez colocó en el bolsillo de la chaqueta del portero un billete de cien dólares.

XII

El lujoso yate, propiedad de los Warrem, se deslizaba señorialmente por el Océano Atlántico. Sobre la cubierta se había instalado un potente órgano y en esos momentos el organista, uno de los más famosos del mundo, ejecutaba a la perfección (y ¡ay de él si no lo hiciese así!) una tocata de Bach. En el exterior de la nave sólo dos criaturas escuchaban la magistral ejecución, la perra Cleopatra y nuestro portero.

Era esta la tercera vez que Juan había sido invitado a pasar sus días libres en compañía de los Warrem. Pero en realidad, tanto ahora como en las dos ocasiones anteriores, no era precisamente con los Warrem con quien nuestro portero pasaba la jornada, sino con la exclusiva perra.

Desde la tarde en que Cleopatra le lamiese una mano a Juan, se desató una confusión intolerable tanto en Mr. Warrem como en el resto de la aristrocrática familia. Por muchas conjeturas que se hacían no podían llegar a una conclusión satisfactoria. Nunca Cleopatra le había hecho nada semejante, ni remotamente parecido a sus amos. Los mismos niños de la casa, que en tantas oportunidades, con zalamerías, saltos, risas, juegos y ofertas de bocados exóticos, habían querido ganarse la confianza de Cleopatra no habían obtenido más que una mirada despectiva o algún gruñido desalentador. En cuanto a Mr. Warrem, observaba a aquel extraño animal con devoción y hasta con miedo. En el vasto mundo de sus relaciones era Cleopatra el único ser que no se le había doblegado. Por eso, después del raro incidente ocurrido entre la perra y el portero, el señor Warrem viajó expresamente a Egipto (faltando así a un coctel con el gobernador de Nueva York) para sostener una entrevista urgente con la poderosa y exclusiva compañía que le había vendido el ejemplar único.

La reacción de los agentes de venta fue tan desconcertante como la del mismo señor Warrem. Ni Cleopatra, ni ninguno de sus remotísimos e imprecisos antepasados habían tenido nunca "algún gesto de confianza" con sus propietarios ni con persona alguna, y mucho menos, naturalmente, con un portero.

—Ahora bien —concluyó el jefe de la poderosa compañía canina—, si la perra ha hecho eso sólo puede deberse a dos razones: a un desequilibrio mental, cosa casi imposible en su raza, o a una motivación muy profunda que merece la pena y el esfuerzo de ser estudiada.

Al otro día, Mr. Warrem arribó a Nueva York con el primer veterinario de la potente compañía, quien al instante sometió a Cleopatra a una minuciosa investigación. La primera alternativa tenía que ser virtualmente desechada, explicó, pues las condiciones físicas y mentales de la perra eran insuperables. Sólo quedaba la segunda opción. Había pues que vigilar con absoluta discreción las futuras reacciones de Cleopatra ante el portero, por lo que lógicamente se le recomendó al señor Warrem que intentase *provocar* todo tipo de acercamiento entre La Divina (así llamaban a la perra) y nuestro portero.

Desde luego, tanto el señor Warrem como la señora Warrem se escandalizaron al pensar que "La Divina" y, naturalmente, ellos tenían ahora que buscar la compañía de un portero "que ni siquiera era de la nación" (son sus propias palabras por nosotros grabadas). Así que para evitar en lo posible los comentarios de la prensa siempre a la caza de noticias extravagantes a costa de los millonarios, decidieron que lo mejor era trasladar a Cleopatra y al portero a su yate familiar. O mejor dicho, incluir al portero en las periódicas excursiones marítimas que la acaudalada familia realizaba. Pues una vez por semana, mientras el tiempo lo permitiese, los Warrem en compañía de selectos amigos que eran a la vez prominentes personalidades (un senador, algún gobernador, el Mayor de Nueva York, algún fiscal, una que otra famosa actriz de cine...) realizaban esa gira donde la gran estrella, pésele a quien le pese, era la sin par Cleopatra.

Sólo había una cosa que en el casi infinito mundo que aquella perra tenía a su disposición parecía enternecerla, la música del órgano. Por lo que desde años atrás, los Warrem se habían agenciado los mejores ejecutantes de este instrumento. De esa manera la educación musical de Cleopatra había llegado a tal refinamiento que sus oídos, de por sí finísimos, eran capaces de descubrir, y violentamente rechazar, la más leve anomalía cometida por los dedos del ejecutante. En verdad, el temerario ejecutante tenía que andar con pies (o mejor dicho, con dedos) de plomo: una falsa nota le había costado la vida, entre otros intérpretes, a la mismísima Margot Rubiestein a quien sacaron exánime de entre los colmillos de Cleopatra. En esa ocasión el escándalo fue realmente enorme (hasta el New York Times publicó la noticia) y sólo pudo ser aplacado luego de una indemnización de más de un millón de dólares pagados a los familiares más allegados (madre y esposo) de la extinta pianista. Se dice que hasta la madre Teresa estaba en esa velada y que para poder silenciar sus escrúpulos religiosos hubieron de donarle a sus "instituciones caritativas" medio millón de dólares. Realmente los refinamientos musicales de Cleopatra eran gravosos hasta para los mismos Warrem.

Pero cuando el artista ejecutaba correctamente la pieza (y esto, por fortuna, era lo más frecuente), una suerte de insólita plenitud y serenidad invadían el semblante del animal que antes había expulsado con una mirada de furia a toda la elegante concurrencia que se refugiaba silenciosa en los camarotes o en la escalera de cubierta. Entonces la perra solía tenderse a todo lo largo de su cuerpo, las patas delanteras bien estiradas, la cabeza apoyada en el piso, en tanto que sus ojos miraban fijamente al cielo estrellado. Pues sólo de noche y con toda la cubierta apagada, y por lo tanto iluminada únicamente por los astros, se entregaba Cleopatra a las dulces armonías del órgano.

Pero ahora, insólitamente, y por tercera vez, mientras en todo el océano retumbaba una magnífica composición de Bach, Cleopatra no estaba sola en la cubierta. De pie contra el barandal y también embelesado, nuestro portero, siempre uniformado, miraba el infinito... Abajo, apoyados en la balaustrada de la escalera, pero sin atreverse a asomar la cabeza, los Warrem, el alcalde de Nueva York, dos fiscales, Meryl Streept y el Dean de la Catedral de San Patricio, además de los superdotados veterinarios, contemplaban subrepticiamente la escena sin atreverse a respirar.

El genial organista pasó de las tocatas a las fugas, de las fugas a los preludios, de los preludios a las fantasías, de las fantasías a las cantatas y corales... El yate seguía avanzando imperturbable por el océano fosforescente. Una luna tan plena e inefable que no admite más retrato que su propia contemplación se elevó suavemente por un costado del cielo. La melodía llenó todos los contornos, confundiendo y aún apagando, el rumor del oleaje. Cleopatra escuchaba ensimismada mirando a veces hacia lo alto o hacia el portero quien en ocasiones sacaba su libreta de apuntes y hacía sus consabidas anotaciones. Bajo el puente, dueños, invitados y servidumbre seguían en el más absoluto recogimiento, sin moverse ni hacer el menor comentario, como si sólo Cleopatra, el portero y el mar fuesen dignos de escuchar aquella música.

Tarde en la madrugada la perra se incorporó y sin dirigirse a persona alguna, abandonó lentamente la cubierta tal como había hecho en las anteriores veladas.

Al momento terminó el concierto.

Los invitados, acompañados por sus anfitriones y rodeados por la servidumbre subieron a la plataforma. Se encendieron las luces y comenzó la fiesta amenizada por una orquesta populosa. Todos se deshacían en elogios a Mr. y a Mrs. Warrem por su "fabulosa" (esa era la palabra) Cleopatra. Pero tanto el señor Warrem como los sofisticados veterinarios seguían perplejos. Hasta ahora no habían percibido ni el menor indicio acerca de aquella extraña relación de Cleopatra con el portero. Por otra parte, tampoco la perra había vuelto a acercársele a Juan, si bien es cierto que no lo rechazaba. Para colmo de inconveniencias, el aire casi helado que se abatía sobre sus carísimas pieles y guantes le testificaba a los Warrem que llegaba el invierno. Pronto habría que suspender aquellas excursiones.

Por eso, en un momento oportuno, Mr. Warrem llevó a Juan a un rincón del yate, le dio otro billete de cien dólares y le comunicó que por ahora no necesitaría más de sus servicios. El portero intentó rechazar el dinero y proponerle que quizás juntos podían encontrar una solución, una "salida", que él conocía, sí, que casi estaba seguro de conocer una puerta y que... Pero el señor Warrem le cortó el confuso discurso. No se preocupe, le dijo a Juan, sin aceptar la devolución del billete, la puerta está abajo, en el comedor, allí lo espera uno de mis hombres que lo llevará en una lancha hasta la costa.

—Pero yo...

—Usted ha actuado correctamente —afirmó cortante Mr. Warrem. Y dándole la espalda se introdujo en el círculo de sus invitados.

XIII

Llovía. Era esa lluvia lenta e ininterrumpida, capaz de socavar al más optimista, que en Nueva York precede al invierno y que nos cala más allá de los huesos, pues trae a nuestra memoria lluvias cálidas, claras y torrenciales que levantan olores a yerba fresca y a tierra brillante y viva.

Nuestro portero, que adornaba un árbol de navidad situado en el centro del lobby, dejaba a veces su labor para ir hasta la gran puerta de cristal y mirar la lluvia. Pero todo esto lo hacía con gestos mecánicos, como si estuviese convencido de que el ritmo de aquella agua no iba a aumentar ni a disminuir, sino que así, invariable, podría continuar por días, semanas y hasta meses.

Sí, continuaría. Y no se detendría para dar acceso a días luminosos, sino a una nieve sucia que como una costra se pegaría a las aceras, a los techos, a los desnudos árboles y hasta a la misma piel de los transeúntes que (qué remedio) tendrían que aventurarse y salir a la calle.

Juan volvió a su labor. Encaramado ahora sobre una escalera portátil, iba colocando sobre el pino cortado los brillantes bombillos navideños. Pero a cada momento descendía, no sólo para mirar la lluvia sino también para abrirle la puerta a algún inquilino que regresaba con su perro o cualquier otro animal, el cual, al entrar en el salón, comenzaba a sacudirse llenando de fango todo el piso... Afortunadamente la persona que ahora estaba junto a la puerta reclamando la atención del portero, era la señorita Scarlett Reynolds, cuyo perro de trapo por lo menos no podría sacudirse. Claro que si por una parte nuestro portero no tenía que padecer las calamidades del animal, sí debía sufrir las largas conversaciones de la dueña, actriz retirada, en otro tiempo muy popular. ¿Quién no recuerda *Pijamas en la noche*, o *Un rayo de luna en mi corazón*? Películas que además de famosa la hicieron acaudalada. Pero lo cierto es que Miss Reynolds entre más dinero acumulaba más avara se volvía, hasta el punto que para aumentar su propia fortuna dejó casi de comer, adelgazando de tal modo que la R.K.O y otras prominentes empresas cinematográficas dejaron finalmente de contratarla, prefiriendo pagar, en los casos en que así lo estipulaba el convenio, una renta vitalicia y astronómica.

Con cara de fastidio y a una velocidad realmente inaudita para su estado físico regresaba la señorita Reynolds de su breve paseo. Nuestro portero, además de abrirle presto la puerta, se interesó por el motivo de tan súbito regreso.

—Una mosca, posada en mi hombro, intentaba viajar a mis expensas. La espanté y entonces se asentó en mi sombrero y hasta en mi mismo perro. Como usted podrá comprender, no iba a permitir que nos utilizase como un medio de transporte gratuito.

—Desde luego —asintió nuestro portero.

—Por cierto —le dijo Miss Reynolds quitándose el sombrero— ¿me podría usted prestar un dólar? Quiero ofrecérselo al super para ver si sube la calefacción.

Nuestro portero le dio el dólar a la señorita Reynolds, siempre con al esperanza de poder entablar una conversación más profunda que la acostumbrada y llegar a su tema favorito, o por mejor decir, al único tema que él consideraba importante. ¿Tendremos que repetirlo una vez más?, el de la famosa o "verdadera puerta", puerta que él quería también mostrarle a aquella pobre (o mejor dicho, rica) mujer siempre obsesionada por el ahorro.

Pero en esos momentos otro inquilino llegaba al umbral del edificio, por lo que Juan hubo de renunciar momentáneamente a su puerta mágica para abrir la real. El inquilino era uno de los dos Oscares, sujeto gordo, pelado casi al rape y con cejas muy finas, quien venía con su perro buldog y el aterrorizado conejo blanco, aunque teñido de violeta, que avanzaba a corta distancia del perro, temeroso de perder la vida a manos (o a dentelladas, mejor dicho) de aquella bestia. Juan les abrió la puerta haciéndoles una reverencia y se trepó de nuevo a la escalera, reanudando su conversación con Miss Reynolds. En esa posición fue contemplado detenidamente por Oscar (a quien sería mejor llamar Oscar Número Uno, para no confundirlo con el otro Oscar que estaba en el apartamento) quien finalmente se le acercó y, siempre altivo, a la vez que mantenía a rayas al conejo y al perro, le dijo que algo no funcionaba en la iluminación de la cocina, por lo que le rogaba (parecía más bien que le ordenaba) que pasase luego por allá. Así se lo prometió nuestro portero, e intentó volver al tema de su querida puerta con la señorita Reynolds.

Pero no era de puertas, y muchos menos de puertas metafísicas o fantásticas de lo que quería hablar esa tarde Scarlett Reynolds. Quería hablar, desde luego, del alto costo de la vida, de que el mismo tren local ya era un vehículo para millonarios, de que nadie que no tuviese una fortuna podía ni soñar ya con ir a un cine y de que hasta comer o bañarse eran acciones que sólo podían llevar a cabo personas acaudaladas. Y ella, la pobre...

—Claro —se atrevió a interrumpir nuestro portero, colocando otro gigantesco globo navideño en el pino —el problema está en que nadie se ha dado cuenta de que lo más importante es dar con la gran puerta...

—¿Cómo? —lo detuvo sorprendida Miss Reynolds—. ¿No me diga usted que ahora también van a cambiar la puerta? Ya es el colmo. Todos los días quitan, ponen, tumban o destruyen algo. ¿No es acaso esta puerta lo suficientemente grande para que entre y salga todo el mundo? Claro, después somos nosotros, los dueños, lo que tenemos que pagar los gastos de mantenimiento.

—No. Yo me refiero a otra puerta.

—¡Otra puerta! ¿Qué necesidades tenemos de otra puerta? ¿Acaso con ésta y con la del fondo no es suficiente para que entren los ladrones y nos desvalijen? Mire, si esto sigue así, yo voy a tener que vender el apartamento e irme a vivir debajo de un puente. Sí, debajo de un puente como mi amigo Renecito Cifuentes, el ex famoso fabricante de los tabacos *Cifuentes* ahora arruinado como yo.

El portero intentó otra vez explicarle a la señorita Reynolds a qué tipo de puerta se refería, pero ya ella estaba convencida de que lo querían los jefes de mantenimiento era hacer nuevas reparaciones y modificaciones en el edificio para cargarle el costo a los inquilinos. Esto la desasosegó hasta el punto de que por un momento dejó de hablar y, tirando del perro de trapo, se paseó nerviosa por todo el salón. En realidad, pensaba como ya lo había pensado otras veces, si no fuera por el frío, lo más práctico era liquidar sus bienes y hacerse vagabunda... Ya la señorita Reynolds había entrevistado a numerosos vagabundos, llegando a la conclusión de que en este país eran las únicas personas que no pagaban ni impuesto, ni alquiler, ni agua, ni luz, ni muchas veces transporte. Y se veía, feliz, con su perro de trapo y un bulto donde llevaría atada su fortuna durmiendo bajo un puente, tal vez junto al mismo Renecito, o en cualquier otro recoveco de Manhattan. Además, ella se conocía de memoria todas las cloacas, tragantes, túneles y fosos de la ciudad, pues su ocupación regular, por decirlo así, consistía en pescar monedas caídas a esos laberintos y huecos. Con ese fin se levantaba todos los días de madrugada y provista de una pequeña linterna, de un anzuelo con su plomada imantada y de un largo sedal recorría la inmensa ciudad. La operación no era realmente complicada, si bien es cierto que a veces solía obstruccionar el tráfico y hasta recibir un puntapié o la reconvención de un agente de la policía. Armada de su linterna, Miss Reynolds localizaba la moneda agazapada en las profundidades de la cloaca o desagüe, lanzaba la plomada imantada y una vez que esta se adhería a la moneda tiraba hábilmente del cordel, sacando a la luz un centavo, una cuora, perdón, una peseta, y a veces hasta un dólar de plata que los apresurados transeúntes contemplaban con envidia. A veces, algún caballero, pensando que aquella anciana señora había perdido las llaves o alguna joya, se brindaba para ayudarla, ofrecimiento que Miss Reynolds rechazaba irritada pues suponía que tras aquel gesto se ocultaba un espíritu competitivo. De todos modos, el producto de su "pesquería" le alcanzaba y sobraba para cubrir sus gastos que eran casi inexistentes, si se toma en cuenta que su perro nada consumía, que en la casa se alumbraba con una vela que ella misma fabricaba con pedazos de jabón tomados de los urinarios públicos y que la alimentación generalmente se la agenciaba en los refugios para vagabundos e impedidos... También Miss Reynolds recogía botellas vacías, latas, pedazos de cartón y todo tipo de envase, por lo que su casa era un verdadero arsenal de desperdicios que eventualmente empaquetaba (con la ayuda del portero) y vendía en el supermercado más cercano. Cuando la pesca de la moneda no era abundante, Scarlett Reynolds solía pedir limosnas, operación mediante la cual recaudaba sumas considerables gracias a su aparentemente avanzada edad y a su figura encorvada y magra. Hemos escrito "aparentemente avanzada edad", pues, en realidad, la señorita Reynolds no era tan vieja como lo parecía. A simple vista cualquiera pudiese haber dicho que se trataba ya de una anciana frisando a la sazón los ochenta años, pero, creednos, Miss Reynolds tenía sólo cincuenta y cinco años de edad. Con el fin de cobrar el "desability" (no hallamos traducción exacta para esa palabra) y además para no tener que pagar altos impuestos, ella se había hecho varias cirugías plásticas que prematuramente la habían convertido en una anciana; también, aunque sobre esto no tenemos las pruebas testificales, se comentaba que una vez se lanzó delante de un lujosísimo limosine con el fin de demandar a su dueño, otro millonario de la vecindad, al igual que ella... De todos modos aquella figura contrahecha y avejentada inspiraba siempre cierta piedad. Así, cuando arremetió nuevamente contra nuestro portero pidiéndole una peseta, Juan, que poblaba de ángeles niquelados todo el pino, le entregó otro dólar, por cierto, el último que tenía en el bolsillo. Miss Reynolds, como de costumbre, no le dio las gracias y se guardó el billete en la bolsa que siempre llevaba atada a un brazo.

—y por favor, no me vuelva a hablar más de puertas —le dijo al portero a modo de despedida— pues mañana mismo voy a hablar con la administración para decirle que no cuenten conmigo para ese proyecto. ¡Y si tengo que mudarme, me mudo! —gritó por último la señorita Reynolds, pensando tal vez en el puente que la aguardaba.

Juan hizo el intento de explicarle nuevamente a qué puerta se refería, pero en ese momento un huevo, como una verdadera exhalación, atravesó el pasillo y se estrelló en su rostro.

—Es increíble cómo la gente derrocha el dinero —comentó Scarlett Reynolds, mirando el huevo que acababa de romperse en la cara del portero. Qué desperdicio. Espero que por lo menos esté podrido.

Y mirando recriminatoriamente a nuestro portero, como si él fuera el responsable de aquel accidente, se retiró tirando de su perro.

XIV

Molesto por aquel nuevo atropello cometido sin duda por Pascal Junior o por la Nena, su hermana, Juan se limpió la cara y pensó ir al momento a presentarle las quejas al padre de los muchachos, el señor Pascal Pietri, super o encargado, como ustedes quieran, del edificio. Ya era la hora de la comida y por lo mismo podía abandonar la puerta. Pero entonces se acordó que tenía que ir a reparar un desperfecto en la cocina de los Oscares y, conociendo, como siempre se lo había hecho saber la dirección, que los inquilinos tienen la prioridad, prefirió postergar su queja y su comida.

Cuando el portero tocó en el apartamento, los dos Oscares parecían estarlo esperando en la misma puerta, pues esta se abrió al instante. Se le adelantó Oscar No. 1, envuelto en una bata de casa del mismo color violeta del conejo, por lo que el portero dedujo, y con razón, que para ahorrar, Oscar 1 había usado el mismo tinte para diversos objetivos. Oscar No. 2, en bata escarlata, le dijo *jay* y le preguntó si deseaba tomar algo. El portero se excusó, pretextando la falta de tiempo y su deseo de cumplir rápidamente su tarea (el ajuste del supuesto desperfecto en la cocina). Entonces, Oscar I, dando una especie de ágil pirueta, sacó del closet una escalera de mano y la situó bajo la lámpara de la cocina. El portero, que ya llevaba las herramientas adecuadas, comenzó a trabajar, ahora como electricista, mientras los dos Oscares, de pie junto a la escalera, lo contemplaban a la vez que se dirigían miradas aprobadoras y cómplices.

Consideramos imprescindible para la fidelidad de esta real historia presentarles adecuadamente a estos personajes, los Oscares. En realidad, sólo uno de ellos era americano. El otro, Oscar No. 1 u Oscar I, era ya lo dijimos, de origen cubano, habiendo llegado en 1980 por el éxodo del Mariel. A su llegada a Nueva York, Ramón García Pérez, que es el verdadero nombre de Oscar I, conoció a John Scott, que es el nombre original de Oscar II. En verdad, Ramón García nunca quiso ser Ramón García, sino una famosa estrella de Hollywood con un nombre sajón y a la vez extravagante. Tampoco el señor Scott era feliz con su nombre y su apellido que le recordaba de una manera muy directa su origen campesino en una granja de Ohio. Ramón y John se mudaron juntos, no porque fueran amantes (ambos deseaban tipos completamente diferentes a ellos), sino porque perseguían fines similares: hombres rudos, semimatones o aspirantes a grandes delincuentes. Por otra parte, como el padre de Oscar No. 2, esto es, el campesino de Ohio, nada quería saber de su hijo, optó por entregarle una buena suma de dinero a cambio de darlo por muerto.

Ninguno de los fines perseguidos por Oscar No. 1 y Oscar No. 2 había sido alcanzado, salvo desde luego lo de cambiarse sus respectivos nombres por el de Oscar, el cual ahora iba precedido por el apellido Times. La idea de que ambos amigos se convirtiesen en Oscar Times provino de Ramón García, quien una vez que hubo abandonado su patria, se prometió, en un gesto de frivolidad y también de justificado resentimiento, primero: no volver a pronunciar jamás ni una palabra en español; segundo: integrarse de tal modo a su patria adoptiva que en poco tiempo nadie pudiera decir que había nacido en un pueblecito remoto al sur de la provincia de Santa Clara, llamado Muelas Quietas. Superficial y snob, Ramón García comenzó por cambiarse el nombre y el apellido originales, sustituyéndolos por lo que él consideraba los símbolos supremos del mundo norteamericano: este es, el Oscar de Hollywood y el periódico New York Times. No ha habido en estos diez años que el señor García (o mejor dicho, el señor Times) vive en Nueva York ninguna película nominada para el Oscar que él no haya visto por lo menos una docena de veces. Si se toma en cuenta que las nominaciones a ese premio abarcan desde la fotografía hasta el tema musical, ya podrán calcular ustedes el tiempo que este señor ha desperdiciado. En cuanto al New York Times, su pasión por ese diario es tal que desde su llegada hasta la fecha no ha dejado de adquirir ni un ejemplar, de modo que el vasto apartamento donde vive es una especie de montaña de papel que tapizando las paredes llega hasta el techo, amenazado a veces con un cataclismo. Este fanatismo servil de Ramón García fascinó a John Scott, quien en el fondo se sintió halagado pues, después de todo, (pensaba) lo que perseguía aquel pobre ser tropical, provinciano y contrahecho, era parecerse a él, a Scott, el típico y bello ejemplar (así al menos se veía él) joven norteamericano "gay", por lo que aprobó entusiasmado la idea del cambio de nombre. Tanta fue la perseverancia de Ramón García (cuyo nombre en verdad le horrorizaba) por ser "un norteamericano gay típico", que terminó superando a su propio modelo, pasando a ser en el nuevo registro de nombres, no Oscar Times No. 2, sino Oscar Times I. Muy lejos estaban sin embargo ambos personajes de ser físicamente lo que ellos se consideraban. En lugar de jóvenes atractivos y ágiles eran en verdad dos seres afeminados, calvos y gordos que todas las mañanas frente a las tostadas y el café descafeinado leían el New York Times... Luego, con andares idénticos y vestidos de la misma manera, la última moda impuesta por algún ídolo de Hollywood, se lanzaban a la calle en busca del amante ideal; de un hombre, por supuesto, que jamás encontraban. En esas pequisas o andanzas habían explorado urinarios y azoteas, escaleras, trenes y playas públicas, prisiones, teatros, campos militares, cines, baños, bares, estadios, museos, paradas de ómnibus. Además, naturalmente, de todos los árboles, arcadas, puentes y glorietas del Parque Central de Nueva York y hasta del mismísimo zoológico de El Bronx donde Mary Avilés acariciaba la improbable ilusión de que algún día alguna fiera la descuartizase... Vestidos de hombre (para ver si resultaban violados por los hombres) se habían paseado de madrugada por el centro de Harlem y por todo el Uptown neoyorquino: vestidos de mujer (para ver si algún travesti activo los poseía) habían recorrido los casi infinitos lugares donde se reunían los homosexuales, desde un antro subterráneo llamado La Escuelita hasta la populosa calle 42.

Desde luego, no vamos a negar que durante todas estas incesantes andanzas, los Oscares no hubiesen fornicado. Al contrario, lo hacían prácticamente todos los días, o mejor dicho, día y noche; pero no con el objeto anhelado, sino con figuras semejantes a ellos; personajes que en lugar de desear más bien repudiaban, a la vez que eran recíprocamente repudiados; pero que por hastío, por frustración, por rutina, o porque no quedaba otro remedio, terminaban acoplándose para sentir en el momento culminante no el placer sino la frustración de estar poseyendo (o ser poseídos por) sus propias imágenes repulsivas.

Y sin embargo, fueron aquellos los mejores tiempos. Después vinieron otros aún peores, y el flirteo (*el flete,* decían los cubanos de allá) cambió sus riesgos tradicionales (chantaje, golpes, robo, enfermedades venéreas) por un riesgo verdaderamente mortal. Nos referimos naturalmente a la terrible plaga llamada SIDA en español y que hasta la fecha ha aniquilado a cuatro millones doscientas mil treinta y tres almas —las cifras son nuestras, y por lo mismo exactas. Si hasta aquellos tiempos (1984-1985) los Oscares tenían por lo menos el consuelo de fatigarse buscando, ahora ni siquiera eso les quedaba. Durante los últimos cinco años, cada día más desesperados, aunque siempre aparentemente serenos, habían ensayado con todo tipo de "ayudas o equipos sexuales", desde falos plásticos hasta vibradores de aluminio, sin descontar, desde luego, el famoso "Robot Erotizado" que hizo multimillonaria a la firma japonesa que lo inventó, pero nada de eso los había no ya satisfecho, ni siquiera eventualmente tranquilizado. Por otra parte, aunque seguían leyendo ávidamente el New York Times, este diario no les brindaba ninguna solución al respecto. Fue entonces cuando una bruja llamada Lola Prida, que también había escapado por el puerto del Mariel y había instalado con éxito una botánica en Queens, les leyó la palma de las manos, les cobró quinientos dólares a cada uno y les aconsejó (y tramitó) la adquisición del perro buldog y del conejo.

La función de estos animales, instruidos rudimentariamente por la Prida era la siguiente: cuando uno de los Oscares Times se desnudaba, se tiraba de bruces sobre los colchones de papel que formaban los ejemplares del New York Times a la vez que sujetaba mediante una cuerda al conejo, entonces el otro Oscar Times azuzaba al perro buldog contra el roedor que estaba al otro lado del Oscar Times yacente. El buldog se abalanzaba contra el animal pero tropezaba con el cuerpo de uno de los Oscar Times, quien tirando de la cuerda aproximaba al conejo a sus carnes desnudas para cuando el perro fuera a devorarlo dejarle escapar soltando un tramo de la cuerda; de esta manera las mordidas del inmenso buldog no eran propinadas sobre el cuerpo del animal perseguido, sino sobre el Oscar Times yacente, quien con habilidad y luego de semanas de prácticas, se las agenciaba para que los colmillos se le clavasen siempre en las nalgas. A veces el ritual alcanzaba proporciones escalofriantes y el apartamento retumbaba ante los chillidos desesperados del conejo, los ladridos del buldog cada vez más enfurecido y los altísimos suspiros de placer, y desde luego de dolor, del Oscar Times horizontal. Ya cuando le tocaba el turno al otro Oscar Times, el apartamento resonaba como una enfurecida jungla en tanto que la sangre bañaba la casi infinita colección de ejemplares del New York Times.

Este tipo de ceremonia lograba apaciguar a los dos Oscares. Por otra parte, habían llegado a encariñarse con el perro y el conejo y el hecho de sacarlos de paseo, adornados de la forma más estrambótica, era también otro entretenimiento. Pero todo se resumía en eso: consuelos pasajeros; la insatisfacción —la desesperación— en aquellos cuerpos deformes y semejantes seguía creciendo... Hasta que fue un ritual más en sus actos cotidianos el de, al levantarse y una vez hechas las necesidades fisiológicas, introducirse una botella vacía, tamaño regular, de agua Perrier en el ano —de ahí que ambos caminasen siempre tan tiesos—. Aunque tampoco este auxilio sexual resolvía de una manera decisiva sus inquietudes, más bien las exacerbaba.

Por eso, cuando Oscar Times I reparó detenidamente en las condiciones físicas de nuestro portero, pensó que ese joven podía ser la verdadera solución a tantos años de angustiosas búsquedas. Se trataba (así lo pensaban otra vez los dos Oscares alrededor de la escalera sobre la cual Juan maniobraba) de un bello ejemplar realmente masculino, amable, serio y sobre todo no contaminado como lo estaban a no dudarlo la inmensa mayoría de los jóvenes neuyorquinos y muy específicamente los chulos más condiciados y, por lo mismo, los más atractivos. De manera que *el objetivo*, la última tabla de salvación era sin duda nuestro portero, que ya, por otra parte, había terminado su labor y se disponía a bajar de la escalera y marcharse.

Pero entonces los dos Oscares lo condujeron a la sala y apartando cientos de ejemplares del New York Times, le hicieron sitio en el sofá sentándose ambos a su lado. Oscar II le ofreció una cocacola y Oscar I le trajo unas galleticas con queso crema. Oscar II le puso un billete de diez dólares en el bolsillo de la chaqueta y Oscar I le regaló una fosforera falsamente plateada. Oscar II le preparó un güisqui con jugo de naranja. Oscar I se apresuró entonces a abrir una botella de champán en tanto que ya Oscar No. 2, al son de una música disco, bailaba con su gran bata de casa, abierta.

Lo que podríamos llamar la etapa crucial del abordaje fue puesta en práctica por Oscar I, que so pretexto de que luego de aquel "extenuante trabajo" nuestro portero debía de sentirse "muerto", le quitó los zapatos. Pero Oscar No. 2 no se dejó tomar fácilmente la delantera y siempre apoyándose en las columnas del New York Times, se arrodilló ante Juan y comenzó a desabotonarle los pantalones.

En tanto, nuestro portero permanecía indeciso. ¿Debía marcharse y perder entonces la oportunidad de intentar despertar el interés de aquellos seres infortunados en la misteriosa puerta? ¿O debía quedarse y a riesgo de ser violado (pasivamente claro) por los Oscares procurar *convertirlos*? Por otra parte, ¿no sentía cierta agradable voluptuosidad como la sienten casi todos los hombres cuando alguien, no importa casi quién, le acaricia los testículos?... Naturalmente, aunque comprendemos las debilidades humanas, condenamos enérgicamente las actitudes y las actividades de los dos Oscares y también repudiamos la indiferencia de nuestro portero. Pero no obstante estamos seguros de que en el caso de Juan, más que el placer lo que lo seducía a estar allí era la conciencia de su celo proselitista, además del temor de que aquellos inquilinos, en caso de que él los despreciase, pudieran sentirse ofendidos y sus quejas fueran motivo de un futuro despido en el trabajo... Como quiera que sea, ya ambos Oscares, al son de la endemoniada música, se las habían agenciado para bajarle los pantalones al portero y desesperadamente trataban de animarlo manipulando hábiles sus lenguas.

En esos momentos, los pantalones en los tobillos y la camisa abierta, el portero les dirigió la palabra.

—¿Y ustedes no tienen otra puerta?

—No. No temas —le aseguró Oscar No. 1 en su perfecto inglés—. La única puerta que da a la calle está bien cerrada—. Y se zambulló de nuevo entre las piernas de Juan.

—Siempre es bueno pensar en *otras puertas* —dijo el portero como hablando para sí mismo.

—Aquí no son necesarias. Además no hay ningún peligro, para eso tenemos un buen portero —aseguró Oscar No. 2, volviendo a su minuciosa inspección.

Las cosas marchaban muy bien para ambos Oscares. El portero ya estaba excitado y como si eso fuera poco, mientras ellos le besaban el miembro él les prometía que los conduciría hacia "lugares donde se sentirían mucho mejor" —ellos entendían a medias aquellas palabras— y donde "él iba a *abrirles* —ellos sólo captaron entusiasmados el verbo— un camino. Otros caminos"... —caminos que para ellos, así lo entendían, no podían ser más que los del placer sexual, y por lo mismo se sentían cada vez más entusiasmados. Sí, sí, gritaban los dos Oscares pensando que al fin habían encontrado lo que durante todas sus vidas habían buscado desaforada, inútil y peligrosamente: a real man, un hombre, un hombre de verdad, que no solamente los complacía, sino que además les ofrecía varonil protección y hasta un futuro sólido, en todos los sentidos de la palabra... Sólo faltaba pues la última etapa de la ceremonia, la cópula; por lo que, súbitamente, agilísimos, casi ingrávidos a pesar de sus volúmenes, los Oscares se pusieron de pie, se desprendieron de sus respectivas batas de casa y eufóricos, como nunca antes lo habían estado, decidieron antes de culminar el acoplamiento bailar al compás del frenético (y entonces famoso) Mikel Jackson, que era quien ahora tronaba por las bocinas de la grabadora.

En honor al portero, los dos Oscares, completamente desnudos saltaban sobre las páginas del New York Times. Se tomaban las manos y hacían chocar sus respectivos vientres, se inclinaban y ponían en contacto ambas calvicies. Por último, recularon hasta las respectivas montañas de periódicos que se alzaban verticales contra las paredes y de espaldas volvieron a encontrarse en un choque mutuo de ambos glúteos quienes al parecer se saludaban de esta manera antes de comenzar el banquete... Pero algo imprevisto y fatal ocurrió en ese mismo instante, y fue que al producirse la colisión, las botellas vacías de agua Perrier que yacían en los respectivos culos y que ellos en su pasión habían olvidado retirar, estallaron produciéndoles a ambos heridas profundas y casi mortales. La sangre bañó nuevamente las ristras de ejemplares del diario neoyorquino y la risa se volvió un alarido.

Nuestro portero, recuperándose, telefoneó de inmediato pidiendo una ambulancia.

A los dos Oscares se les ingresó en la sala de urgencia del hospital Roosbelt y se les practicó la *colostomía*. Esto es, se les insertó un ano artificial a un costado del vientre.

Ahora, comentaba la gente, con dos anos que alimentar, la desesperación, inevitablemente, tenía que haberse duplicado... Por otra parte, nuestros eficaces informantes, que están a todos los niveles (como ya se habrá podido comprobar), nos comunican que a partir de ese accidente, los Oscares Times dejaron de ser llamados de ese modo por sus amigos, siendo conocidos desde entonces como "Las Biculos", golpe patronímico que los ha destruido moralmente.

Pero no está en nuestra agenda contar esa penosa (y bochornosa) historia, sino la de nuestro portero con la cual ya tenemos bastante.

XV

Inmediatamente que hubo partido la ambulancia con los dos Oscares, Juan, ya correctamente vestido, volvió a ocupar su puesto de trabajo. Una vez más había perdido su horario de comida y por lo mismo decidió postergar su visita al encargado para el día siguiente, y presentarle sus quejas. Cosas que, en efecto, así hizo.

Juan sabía que visitar al encargado significaba perder otra vez su hora de comida, pues sólo para que le abriesen la puerta tendría que esperar, en el mejor de los casos, más de media hora; por otra parte, que se le comunicara al super las incesantes fechorías cometidas por sus hijos, Pascal Junior y la Nena era algo inútil puesto que el padre estaba perfectamente informado al respecto. Es más, muchas de las travesuras cometidas por Pascal Junior y su hermana eran realizadas por orden del mismo padre. Si Pascal Junior, por ejemplo, le tiraba huevos en la cara a nuestro portero, lo hacía, independientemente de que aquello le agradara, cumpliendo las órdenes del señor Pietri quien le hacía la vida imposible al portero pues tenía destinado ese cargo para un sobrino llegado de Italia.

Pero no era sólo a Juan a quien el super directa o indirectamente molestaba. Todos los inquilinos del edificio eran víctimas de sus traquimañas. Constantemente el señor Pietri se las estaba arreglando para cortar el agua caliente o la calefacción, pretextando que la caldera, la "boila", decía él, estaba rota. Pero si los perjudicados le ponían algunos dólares en el bolsillo, "la boila" se arreglaba como por arte de magia. También con el propósito de buscarse algún dinero extra (y ciertamente el salario que percibía era bajísimo) provocaba cortocircuitos que él mismo reparaba luego eficazmente, cerraba la llave de paso del gas que ante un billete de veinte dólares se abría súbitamente, esparcía ratones, cucarachas y hasta hormigas bravas por todo el edificio, alimañas que él mismo, bajo estímulos contantes, exterminaba con presteza. También mandaba a sus hijos a que le tirasen piedras a las ventanas de los apartamentos y a romper el techo del edificio — techo de frágil cartón, como el de todas las casas neoyorquinas— para luego ofrecerse, "por un precio módico" a realizar las reparaciones pertinentes.

Ahora, mientras finalmente le abría la puerta a Juan, el señor Pietri alimentaba a unas ratas voracísimas que pensaba introducir en los apartamentos de los inquilinos más acaudalados.

El portero saludó respetuosamente al señor Pietri quien sin responderle ni soltar la jaula con las ratas le hizo una señal para que se sentase. Cosa que nuestro portero no pudo hacer ya que todos los asientos estaban ocupados; no precisamente por personas, sino por objetos de la más variada categoría. Flores plásticas, muñecas sin brazos, libros deshojados, huesos de aves, pesas para hacer ejercicio, ropa interior, frutas a medio comer, calcetines sucios, casetes, pilas de grabadoras y mil cosas más se aglomeraban sobre las sillas, sillones, butacas y sofás (todo tapizado de color rojo escarlata, igual que las cortinas). Evidentemente, era a los objetos y no a los seres humanos a quienes estaban destinados los asientos de la casa. Y por encima de todo aquello se cernía una incesante polvareda que en verdad apenas si permitía respirar... La misma señora Pietri, que en esos momentos desplumaba un pollo en el centro del comedor, lo hacía de pie, entre estornudos y desapareciendo a veces dentro de una nube de polvo. Sobre la mesa se acumulaban innumerables latas y potes de conservas abiertos, viandas, varias pelotas de goma, cepillos para el cabello llenos de pelos, una gigantesca grabadora que funcionaba a todo volumen, sartenes, platos con residuos de comida, una planta marchita dentro de una maceta y hasta un paraguas rojo que en esos momentos Pascal Junior sin dejar de gritar o cantar, despacillaba como si se tratase del pollo sobre el cual obraba la señora Pietri. También la niña de la familia, la Nena, un ejemplar de unos nueve años de edad, trajinaba por el piso; se trataba de una criatura robusta y redonda, semejante a su padre, que mientras miraba con insolencia y burla al portero, despachaba un queso americano mezclado con dulce de coco en almíbar, especialidad de la señora Pietri, que no era italiana como su esposo, sino cubana y cuyo nombre de origen era Belkis Malet.

Siempre de pie, nuestro portero miró a su alrededor y pudo comprobar que Pascal Junior escuchaba un ruido diferente al que emitía la grabadora gigantesca, pues tenía colocados unos audífonos personales en los oídos, los que se conectaban con una radio portátil que llevaba amarrada a su gruesa cintura. No sin cierto asombro, Juan también descubrió que las cinco perras chihuahuas que saltaban y ladraban alrededor de la señora Pietri (sin duda ofendidas por la llegada del portero), también tenían conectadas a sus guatacas sendos audífonos que transmitían la música o el estruendo de las respectivas grabadoras amarradas a sus vientres. Aquellos ladridos, así al menos lo pensaba Juan, y así lo escribió, no eran más que una fiel imitación de la música que los animales escuchaban.

A pesar del escándalo de perras y grabadoras, sin contar el chirrido que producía el paraguas descuartizado por Pascal junior, el portero no quería darle directamente las quejas sobre su hijo al señor Pascal Pietri, sino transmitirlas en voz baja y como si viniesen de parte de los inquilinos, y a él, Juan, "con muchísima pena" no le quedaba más remedio que comunicárselas. Una vez arreglado este asunto, podría, tal vez, encauzar su conversación hacia su gran objetivo, o mejor dicho hacia su "gran puerta".

Pero ni una cosa ni la otra podía hacer nuestro portero. Allí el que hablaba era el señor Pietri y precisamente para quejarse de las indisciplinas y negligencias del portero, y en general del mal servicio que éste prestaba. Las alfombras de los pasillos estaban sucias, empañados los espejos del lobby, sin brillo los dorados pomos de la puerta de cristal, fundidos algunos bombillos de la gran lámpara central... Claro que nuestro portero podía haber objetado que sus funciones se limitaban sólo a abrir y cerrar la puerta y cuidar en lo posible de la seguridad de los inquilinos, pero ¿cómo hacerlo si el señor Pietri no cesaba en su discurso y para colmo el estruendo de la grabadora y el ladrido de las perras era enloquecedor? La misma señora Pietri a quien aquel ruido tenía que serle ya familiar, avanzó con su pollo a medio pelar cogido por el cuello y amenazó con golpear al joven Pascal Junior en la cabeza si no bajaba el volumen de aquel artefacto, aunque, justo es decirlo, Pascal Junior no oía esa grabadora sino la radio conectada a los audífonos. Además, no era precisamente la música de la grabadora ni la de la radio lo que le interesaba ahora a Pascal Junior. Ensimismado en la destrucción del paraguas, todo lo que no fuera esa acción le era ajeno (por lo que la señora Pietri pudo apagar de un golpe la grabadora sin que él lo advirtiese). Ya había separado la tela de las varillas metálicas y doblando cada una de éstas las arrancaba del mango; luego, como si aquello no fuera suficiente, trituró uno por uno cada fleje y, finalmente, ayudándose con los pies, redujo el cabo del paraguas a un montón de astillas, y como nada quedaba ya entero de aquel artículo, se acercó a una silla, echó al suelo todo lo que había encima del asiento y comenzó a sacarle las tripas del fondo. En ese momento, el encargado, siempre con la jaula llena de ratas en una mano, corrió hasta la habitación del fondo donde según le había dicho al portero guardaba varias quejas contra él, redactadas por los inquilinos. Mientras, la señora Pietri permaneció en el centro de la sala, enfilando hacia el portero una mirada severa y desconfiada, como si éste, de un momento a otro fuese a salir corriendo llevándose una lámpara, una silla o cualquier otro objeto doméstico; hecho que al parecer sólo la vigilancia ostensible y estricta de la señora Pietri podía impedir. En tanto, Pascal Junior le había sacado las tripas a la silla y provisto de un martillo desarticuló travesaños, espaldar y patas hasta hacer de ella un haz de tablas. Satisfecho de su labor volvió a la grabadora de la mesa que puso a su máximo volumen. Estimulado por la música tomó el martillo y lo lanzó contra la pared rompiendo el cristal de un enorme cuadro donde gigantescos flamencos rosados descansando sólo en una pata se agrupaban bajo un flamboyant florecido.

—Mira cómo te has ensuciado el traje nuevo —se quejó airada la señora Pietri sin levantar la vigilancia sobre el portero.

En honor a la verdad hay que reconocer que tanto Pascal Junior con sus doce años de edad, como la Nena, con sólo nueve, vestían correctamente. Pascal llevaba altas botas de fieltro, traje de gabardina verde, chaleco de pana rojo, camisa de seda color salmón y un lacito negro al cuello. La Nena lucía, o mejor dicho, portaba, una gran falda de paño encarnado, blusita violeta con mangas acampanadas y cintas y lazos de colores vivos tanto en el pelo como en los hombros y hasta en la cintura, que no existía. También exhibía otras cinticas doradas en las punteras de los zapatos que habían sido blancos. Ambos niños portaban cadenas, manillas, dijes, relojes y sortijas; y de casi todas estas joyas colgaban medallas de plata y oro en las que estaban estampadas las imágenes de la Virgen de la Caridad del Cobre y de la Virgen de Loreto. Un fuerte perfume impregnaba aquellos cuerpos y trajes no muy limpios. Por otra parte, toda aquella casa estaba azotada por una especie de extraño vaho, mezcla de sofritos y colonia 1800, de baños que no descargan con desodorantes abiertos, de desinfectantes con orines de ratones, de talco con ropas sudadas, de excrementos de perro con Chanel número 5. Tal parecía que allí la peste y el perfume libraban una interminable batalla en la que por momentos se alternaban en el triunfo.

También Juan pudo constatar que por encima de aquel caos de muebles, objetos, polvos, colores y olores centelleaba de una manera autónoma el cielorraso que había sido esmaltado, por orden de la señora Pietri, con lentejuelas y tachuelas doradas, aludiendo remotamente a una noche estrellada. Juan fue a abrir la boca para admirar la belleza de unas frutas de cera —uvas, manzanas, peras y plátanos que se desparramaban sobre una semicolumna de yeso... Pero ya regresaba el señor Pietri esgrimiendo una de las cartas de protesta contra el portero firmada nada menos que por la señorita Reynolds, "una de las mujeres más serias del edificio", aseguró el encargado. ¿De qué se quejaba Miss Reynolds? intentó saber nuestro portero. Y al momento el superintendente, rebasando los aullidos de la grabadora de Pascal Junior, dominó la algarabía. La señorita Reynolds se quejaba de que el portero no era lo suficientemente cuidadoso con la propiedad ajena, que intentaba incluso destruirla con el fin evidente de obtener alguna utilidad. Y proseguía la carta exponiendo que el portero le había hablado incluso de cambiar la puerta de la entrada. "Algún lucro sacará con esos manejos", proseguía Miss Reynolds. "Seguramente sería capaz hasta de romper la puerta con tal de buscarse algunos dólares. Pero yo no estoy dispuesta a que el portero ni nadie derroche mi dinero. O lo despiden o vendo y me mudo"... Atónito, Juan iba a plantear una justa protesta, pero ya el super guardaba amenazante aquella carta y sacaba otro papel, éste firmado por Brenda Hill, la cual manifestaba que el portero le había propuesto tumbar una pared en su apartamento "para construirme allí un hueco de salida", y proseguía diciendo que sólo haciendo uso de toda su paciencia y educación "pude hacerle desistir de esos descabellados propósitos, máxime si se tiene en cuenta que dicha pared comunica con el apartamento del señor John Lockpez"... Y precisamente aquí tengo una queja de Mr. Lockpez, dice que no le presta usted atención a "las orientaciones espirituales y morales" que él le brinda y que es usted "extremadamente distraído en el cumplimiento y el desarrollo de la importante función de la vigilancia y el mantenimiento de"... Pero el encargado dejó de leer aquel texto, como si ya con eso bastara en lo concerniente al señor Lockpez, y cambiando el tono zumbón por otro más grave inició la lectura de otra queja, ésta firmada por Joseph Rozeman, el eminente dentista, quien planteaba que "en muchas ocasiones el portero despide una aliento nauseabundo, como a huevo podrido"... Precisamente por eso de los huevos estoy aquí, pudo decir Juan. Pero ahora el super, poniendo al fin la jaula con las ratas en el piso y alzando las dos manos en la que sostenía un lujoso papel timbrado exclamó: —¡Y esto sí que es algo muy serio! ¡Una queja de Mr. Warrem! —y al mencionarse el apellido del magnate, la señora Pietri dejó de pelar su pollo, la Nena cesó de engullir un pastel de chocolate y hasta Pascal Junior bajó el volumen de su grabadora. El mismo mister Warrem en persona, continuó Pascal Pietri, se queja de que usted se ha extralimitado en el ejercicio de sus funciones como portero, entrando en confianza con Cleopatra —por un momento todos enfilaron una mirada de incredulidad y asombro hacia Juan quien, verdaderamente compungido, bajó la vista. ¡Nunca pensé que llegara usted a tanta desfachatez! —siguió diciendo el super. —Mister Warrem es prácticamente el dueño de este edificio. Por cierto, que el mismo Mr. Warrem también se queja del mal olor que usted despide... Y aquí tenemos otra queja, también de Miss Reynolds, donde dice que "el portero con sus manos sucias ha acariciado mi perro". Parece que siente usted una gran debilidad por los perros —comentó sarcástico el señor Pietri, mirando burlón hacia Juan. Luego, sacando otro papel, continuó: —Ah, esta es una queja también muy seria. Está firmada por la señora Levinson. Le llama grosero y maleducado y agrega que está usted incapacitado "para el ejercicio de una función

71

social y política tan importante como es la de un portero". También le acusa de inmadurez con-sue-tu-di-na-ria (deletreó trabajosamente esta última palabra). —¡Así que también le ha faltado usted al respeto a la señora Levinson! ¿No sabía que ella es abogado y que puede meterlo en la cárcel?... Desde luego —concluyó con tono magnánimo el encargado— no voy a leerle todas las cartas pues tengo muchas cosas que hacer —con lo que de paso le sugería al portero que debía retirarse—, pero realmente pienso que de no enmendarse no creo que pueda usted seguir mucho tiempo en su cargo.

El portero trató de pronunciar algunas palabras, tal vez iba a prometer que sería más cuidadoso, pero estaba tan confundido con aquellas cartas que no sabía qué decir. De todos modos fue a abrir la boca, pero la nube de polvo que se abatía dentro de aquella casa sólo le permitió estornudar.

—Ya veo que no tiene usted nada que alegar —comentó triunfal el señor Pietri.

Y cuando por segunda vez Juan estornudó, la señora Pietri le lanzó tal mirada de reconvención que nuestro portero pensó que si no se marchaba, aquella mujer sería capaz de golpearlo con el ave que había terminado de desplumar.

Ya en la salida, el encargado lo despidió tronante.

—Y no me vuelva a molestar si no es para algo importante. Ah, y en cuanto a *esas puertas* que quiere usted hacer, recuerde que aquí el único carpintero soy yo.

XVI

Intensamente deprimido regresó Juan a su sitio, junto a la puerta. Desde luego, no se consideraba con el derecho de pedir explicaciones a los inquilinos por sus quejas, aunque estaba completamente seguro de que casi todas eran injustas. A todos ellos les fue abriendo la puerta con la misma cortesía de siempre; por otra parte, pensaba que saludarlos en una forma más lacónica podría tomarse como una falta de respeto o un súbito cambio de temperamento al que un portero no debía ser propenso. Hasta cuando la señorita Reynolds en vez de una peseta o un dólar le pidió tres dólares, nuestro portero que sólo tenía un billete de cinco dólares se lo entregó sonriendo, aunque con cierto temor: tal vez el hecho de darle más de lo pedido podría ser tomado por Miss Reynolds como una falta de respeto... El último en regresar con sus animales, las tres perras de dientes blanquísimos y perfectos, fue el señor Joseph Rozeman, quien como siempre saludó al portero con una amplia sonrisa, al igual que las perras. Juan recordando las quejas expuestas por Mr. Rozeman en lo referente a su mal aliento, le devolvió el saludo al eminente odontólogo sin abrir demasiado la boca pues, en realidad, no estaba completamente seguro de que las quejas del señor Rozeman fueran infundadas. Nosotros podemos afirmar que sí lo eran ya que nuestro portero carecía por lo general de mal aliento. Las razones por las que Mr. Rozeman había redactado las citadas quejas eran estrictamente comerciales. Desde hacía tiempo le había sugerido a Juan que se sacara todos sus dientes naturales y se hiciese una prótesis fija fundida en plata y porcelana que le quedaría "mucho mejor que su propia dentadura", según palabras del también eminente mecánico dental que era el señor Rozeman, pero como el portero había vacilado en aceptar tal oferta que le hubiese costado más de cinco mil dólares que no tenía, el señor Rozeman, a quien le sobraba una prótesis experimental que ya había destinado, como se verá más adelante, a nuestro portero, había presionado e intrigado a través del super para que Juan se decidiese a aceptar sus servicios. Por eso al despedirse del joven, con un gesto que él consideraba elegante y desplegando una enorme sonrisa con sus largos y parejos dientes, lo miró fijamente y le comunicó que esa noche estaría trabajando en su gabinete hasta la madrugada por lo que, si así lo deseaba, podría visitarlo y tener el privilegio de ver sus "trabajos especiales".

Al portero no le quedó otra alternativa que aceptar la invitación.

Pasadas las doce de la noche, Juan tocó en el apartamento de Mr. Rozeman, quien lo condujo a lo que él llamaba *su laboratorio*. Se trataba de un inmenso taller habilitado para la confección de todo tipo de dentaduras.

El señor Rozeman tomó por un brazo al portero y lo fue paseando por el recinto a la vez que le mostraba los dobles, tamaño natural, de las personas a las que él le estaba fabricando lo que llamaba "La Sonrisa de la Felicidad". Provisto de una caja de metal, Mr. Rozeman se acercaba a las efigies de sus respectivos clientes, sacaba una dentadura numerada y la colocaba, produciéndose al instante tal cambio en el maniquí que éste parecía cobrar absoluta animación, avivándose súbitamente hasta el punto de confundirse con un ser humano. Debemos añadir que estos maniquíes o dobles estaban ataviados de la misma forma como acostumbraban a hacerlo sus originales, a veces incluso con más tino y gracia, por lo que el parecido una vez colocada la prótesis fija era tal que a veces superaba, si es posible, la autenticidad del modelo... Por cierto que, antes de proseguir con esta real historia, debemos informar que muchos de los miembros de nuestra próspera comunidad han utilizado los servicios del señor Rozeman con tal éxito que algunos han llegado a ser presidentes de bancos internacionales, directores de compañías ferroviarias, rectores de universidades estatales, alcaldes de ciudades norteamericanas y hasta embajadores en países claves para el equilibrio del mundo. Ellos se habían acogido a los sabios consejos de Mr. Rozeman: "Una bella sonrisa puede no solamente salvar su futuro, sino el de la humanidad entera"... Para fascinar aún más a sus posibles clientes, Mr. Rozeman había dejado en su estudio las réplicas de algunos de los grandes personajes o celebridades a los cuales él les había hecho "una sonrisa para la eternidad". Y ahora todas esas estrellas, con su otra prótesis fija y de repuesto que el precavido dentista siempre les fabricaba para el caso de un accidente, iluminaban el recinto con sus flamantes dientes de porcelana o de perlas —según los fondos del consumidor.

Conducido por el fuerte brazo del casi anciano dentista quien desde luego era un hombre sumamente rico, nuestro portero pudo contemplar extasiado el por qué de la fija expresión de felicidad que ha iluminado siempre el rostro de María Schell, los dientes grandes, desafiantes y sensuales de Sophia Loren, los parejos y seductores de Ingrid Bergman (el primer gran triunfo de Mr. Rozeman); también admiró aquellos dientes ligeramente desproporcionados para comunicar más naturalidad, de Rock Hudson, los dientecitos de roedor (clave del éxito público) del señor Koch y la impávida y fija sonrisa de triunfo de Ronald Reagan, sonrisa que aún después de su muerte, ocurrida hace sólo un año, 1991, fue imposible borrar de su rostro momificado... Pero es necesario aclarar, en honor a la verdad, que el señor Rozeman tenía también su dignidad o ética profesional y que a veces aunque le ofreciesen millones se negaba a hacerle la prótesis fija a la persona interesada si consideraba que ésta tenía una fisonomía indigna de su trabajo, ya que su fealdad era tanta que ni los más bellos dientes de perla podían enmendarla. Ese fue precisamente el caso de Geraldine Chaplin. A pesar de la suma astronómica ofrecida a Mr. Rozeman, éste declinó repetidamente la oferta aludiendo exceso de pedidos, pero diciéndose para sí mismo en alta voz que en aquel rostro tan espeluznante su trabajo perdería todo mérito y hasta podría lastimar su sólido prestigio.

Sin embargo, inventor incesante, el prominente mecánico dental se especializaba también en confeccionarle prótesis fijas a los animales cuyos dueños pudieran pagar por ellas. De esta manera, Juan supo que la gata de Brenda Hill tenía unos flamantes dientes de porcelana que le habían costado a su dueña quince mil dólares. También algunas cotorras del señor John Lockpez poseían picos de losa y hasta el oso de Casandra Levinson (allí había una réplica) exhibía unos colmillos de coral, pólipos a los que la Levinson se había aficionado después de haber leído que el famoso poeta marxista, Pablo Neruda, los coleccionaba junto con otros productos marinos. Más adelante también Mr. Rozeman le mostró a Juan una copia del orangután del señor Makadam cuyos dientes platinados y al parecer feroces tenían la punta roma.

—Al menos —dijo el señor Rozeman— si el animal anda suelto por ahí no podrá hacer mucho daño...

Después de haber visto aquellos caninos especiales, algo mayor que los naturales, a Juan no le fue difícil comprender la razón por la cual las perras del señor Rozeman estuviesen siempre sonriendo, las grandes prótesis fijas con que sus dueños las habían equipado obligaban a aquellos animales a enseñar incesantemente los dientes.

Pero si todo este muestrario de dientes y dobles había impresionado notablemente a Juan, la máxima sorpresa la experimentó cuando el señor Rozeman, después de un gesto teatral, desprendió su mano del codo del portero y corriendo la negra cortina de un compartimiento le mostró a Juan su propio doble.

Nuestro portero se vio de pronto ante su propia imagen que portaba su mismo uniforme, sus mismos guantes, su mismo sombrero, sus mismos cabellos y, en general, su misma fisonomía, sólo que en aquel rostro había una sonrisa tan triunfal y por lo tanto tan deshumanizada que hasta su original (esto es, nuestro portero) se quedó intensamente cohibido, mirándose a sí mismo con temor y respeto, pero sin poder identificarse plenamente con su réplica. Su desasosiego fue total cuando Mr. Rozeman, prendiendo un foco que iluminó intensamente al doble, habló.

—Con sólo cambiarle a usted su dentadura su futuro estará resuelto.

Los razonamientos del señor Rozeman no podían ser más lógicos. Aquel portero que le sonreía a nuestro portero no parecía conocer las tribulaciones de la vida, mucho menos parecía preocuparle el hecho de hallar una puerta especial y misteriosa para cada inquilino de aquel edificio. Lejos de ello, aquel Juan que tan seguro y varonilmente le sonreía no era un portero para abrir y mostrar puertas, sino un hombre a quien todas las puertas tenían que abrírsele de inmediato. Ante él, Juan, el real, era el portero de aquel portero. Y mientras Mr. Rozeman lo conminaba a que se sacase todos los dientes y se transformase en aquel maniquí triunfante, nuestro portero comprendió que de hacerlo, él, el verdadero portero, desaparecería para siempre y con él aquella insólita (para él extraordinaria) misión de la que se creía responsable.

—Verdaderamente —hablaba Mr. Rozeman ya seguro de tener un nuevo cliente— comprendo que deba usted estar impresionado. No se figuraba que yo pudiera hacer algo tan perfecto. Y no se preocupe, tratándose de usted, le voy a dar un precio bajísimo: después de todo, como portero, me haría una excelente propaganda. Si quieres —ya Mr. Rozeman lo tuteaba— podemos ahora mismo comenzar a rebajarte los dientes naturales para instalar en tu rostro la sonrisa del triunfo.

Pero entonces, por primera vez en sus largos meses como portero, Juan declinó en voz alta las sugerencias de uno de sus señores.

—¡No! —gritó.

Fue un simple monosílabo, pero dicho en un tono tan rotundo y desesperado que Mr. Rozeman comprendió que por primera vez en su larga vida profesional se le escapaba un cliente al que ya creía tener en sus manos. Pero comerciante, y por lo tanto diplomático hasta el último momento, intentó una vez más convencer al portero. "La podrá pagar en varios plazos", le dijo Mr. Rozeman mostrándole sus hermosos dientes hechos por él mismo con perlas de cultivo.

Pero fue inútil, el portero, pronunciando otro *no* agudísimo corrió a escape por todo el taller, sintiéndose perseguido, casi atrapado, no sólo por la sonrisa triunfal del señor Rozeman, sino por la sonrisa de todos aquellos personajes, incluyendo los animales y, sobre todo, por su propia sonrisa que desde su doble le ordenaba regresar y entregarse a las expertas manos del eminente especialista. Al borde del delirio ganó la puerta de salida que tiró con furia sobre los blanquísimos dientes de las tres perras de Mr. Rozeman. Entonces (aunque

estamos seguros de que eso no pudo haber sido cierto) nuestro portero creyó que la sonrisa de aquellos maniquíes, incluyendo el suyo, se
convertía en una carcajada unánime que retumbaba en todo el edificio.

XVII

Un sentimiento de desesperación casi intolerable se apoderó de
nuestro portero después del encuentro con el encargado y la visita al
señor Rozeman. Como si todo aquello fuera poco, en esos días, la
Unión de Porteros de Nueva York promulgó una resolución, en apo-
yo a las quejas de inquilinos y huéspedes, prohibiéndole a los porteros ver la televisión, leer, escribir u oír la radio durante las horas de
trabajo. A Juan no le interesaba ni la radio ni la televisión, pero sí
gustaba de leer en sus ratos libres, y sobre todo (y esto más que un
placer era una necesidad) siempre que los demás se lo permitían hacía
algunas anotaciones o escribía un párrafo o dos en la libreta que,
como ya hemos dicho, llevaba bajo su chaqueta —libreta que mucho
nos ha ayudado en este informe... Cuando la circular de las prohibi-
ciones llegó a manos del portero, éste pensó que todo no era más que
una confabulación del encargado para molestarlo, pero le fue fácil
constatar que el que el documento era auténtico y que había que
observarlo estrictamente, cosa que para Juan era prácticamente imposible, pues, según él, las anotaciones que hacía sobre los inquilinos,
y sobre sus propios pensamientos, eran (así también lo anotaba) como
recordatorios y señales que a su entender le iluminarían en la búsqueda de la puerta que los salvaría. Sin esas anotaciones, así lo
pensaba y así lo anotaba a pesar de la prohibición, cómo iba a poder
descubrir y estudiar la verdadera personalidad de sus protegidos —
sí, "protegidos" escribió — a los que él era el responsable de salvar —
Sí, "salvar" escribió — ¿Cómo entonces ayudarlos? ¿Y si no los ayudaba, cómo iba a seguir viviendo?

Así que, a pesar de aquella resolución, nuestro portero siguió
escribiendo, ahora más subrepticiamente, sus observaciones a la vez
que trataba con extrema amabilidad a todos los inquilinos.

Precisamente para congratularse con ellos, y aprovechando las
fiestas navideñas, Juan pensó que lo mejor sería hacerles algunos
regalos a los inquilinos, especialmente a aquéllos que habían mani-

77

festado alguna queja en relación con sus servicios. Aunque lo tradicional era que fuese el portero quien recibiera alguna propina o regalo por navidad de parte de los señores, en este caso él se consideraba también en el deber de agasajarlos.

Sin embargo, justo es también reconocer que casi todos los inquilinos, aún aquellos que habían manifestado inconformidad en el servicio, le hicieron algún presente a nuestro portero; algunos, como el señor Warrem, llegaron a entregarle un sobre con doscientos dólares; otros le dieron sólo un dólar; y aunque parezca insólito, hasta la señorita Reynolds, en lugar de pedirle dinero a nuestro portero, le entregó con mucha ceremonia veinticinco centavos, precedidos de un discursito que no podemos suprimir.

—Todos sabemos, querido amigo, que la Administración le ha dado a usted el cheque de navidad que le pertenece, pero yo, personalmente, quiero contribuir a sus fondos, que son mucho más sólidos que los míos. Espero que sepa apreciar el valor de este regalo y el sacrificio con que lo hago. Ojalá el mismo le sirva, no para derrocharlo en cosas superfluas, sino como estímulo para ser cada día más ahorrativo. Deposítelo usted en una cuenta de ahorro y verá al cabo de los años cómo me lo va a agradecer.

Así pues, con todo aquel dinero, dos mil quince dólares con veinticinco centavos, nuestro portero se fue a la famosa tienda por departamentos llamada Nancy's, para comprar los regalos que pensaba entregarles a los inquilinos.

Al entrar al enorme edificio comercial (algunos dicen que es la tienda mas grande del mundo)[1] y antes de que Juan pudiese pensar en elegir algún artículo, varias empleadas, elegantemente ataviadas, le tomaron ambas manos y se las perfumaron con once tipos de lociones y colonias diferentes. Nuestro portero, que nunca había entrado en aquel establecimiento pensó que se había equivocado de local, pero las empleadas le hicieron saber rápidamente que se trataba sólo de una muestra gratuita de perfume para que él eligiese el que

---

1. Queremos dejar constancia en este documento de que el importante establecimiento comercial Nancy's es propiedad de una dama cubana, Nancy E. Añeja, quien comenzó sus actividades mercantiles hace cincuenta años como revendedora de libros viejos en Hialeah y quien gracias a su voluntad y espíritu de empresa es hoy una de las mujeres más acaudaladas de la Unión. Véase al respecto la notable obra Mujeres en la cúspide, escrita por Ismael Lorenzo y publicada por las ediciones ¡SUBE! Miami, 1989.

más le gustase; y en realidad iba a comprar alguna de aquellas esencias, pensando que sería un regalo apropiado, pero las elegantísimas mujeres ya lo ignoraban y, siempre sonrientes, perfumaban ahora a otro caballero.

Juan echó a andar, pero al momento le salió al paso una señora envuelta en una capa de agua y portando una regadera, quien, sin mayores preámbulos, le puso una capa impermeable, semejante a la que ella llevaba puesta, a nuestro portero y antes de que éste pudiese pronunciar una palabra le vació encima la regadera, demostrando así la eficacia de la prenda que el joven portaba y que Nancy's le ofrecía a un precio razonable. Nuestro portero, con el cabello empapado, le dio las gracias a la vendedora y también pensó que obsequiar a los inquilinos con capas de agua era una buena idea, pues si algo se necesita constantemente en Nueva York es un impermeable. Pero ya dos hombres uniformados y amables le quitaban la capa, y la vendedora bañaba con su regadera a otro caballero, por lo que Juan tomó las escaleras rodantes y subió al segundo piso. Allí dos señoritas, ataviadas como para irse a dormir, lo sentaron en un gran sofá, y como nuestro portero no protestó lo acostaron en dicho mueble, mueble que al momento se convirtió en una cama junto a la cual una de las empleadas comenzó a enumerar en voz alta sus ventajas mientras la otra joven, moviendo el colchón acunaba al posible comprador. Mientras escuchaba el discurso apologético y era balanceado, Juan asentía respetuosamente, de manera que al terminar la perorata una tercera empleada ya había hecho la factura del sofacama por un precio, según ella, de "de familia". Sólo tendría que pagar tres mil quinientos dólares de entrada y trescientos mensualmente durante tres años. Avergonzado, nuestro portero les explicó que el dinero que tenía no alcanzaba para tanto y hasta trató de explayarse en otras excusas, pero ya a estas alturas, Juan, al parecer, se había vuelto invisible: las señoritas olvidándolo, se enfrascaban ahora con una anciana señora a quien ya habían logrado sentar en el costoso mueble.

Aún aturdido, nuestro portero subió al tercer piso de donde salían ruidos variadísimos. Y en menos de un segundo se vio, a instancias de un eficaz vendedor manipulando ollas de presión, teteras eléctricas, humidificadores, tijeras para el césped, lavadoras, un televisor de pantalla gigantesca y hasta un robot doméstico y portátil de complicadísimo mecanismo que sabía atender el teléfono y fregar los platos; por último el empleado le puso en las manos una enorme aspiradora tan potente, que al tratar nuestro portero de manipularla, y habiendo apretado el botón de máxima velocidad, lo arrastró por el inmenso salón hasta chocar contra la puerta del elevador que en ese momento se abría. Juan, soltando la aspiradora, entró en el ascensor y se bajó en el quinto piso.

Aunque afuera nevaba copiosamente, todos los objetos que se exhibían y vendían en el quinto piso eran de verano. Apuestos modelos se paseaban en bikini dentro de una temperatura de más de noventa grados. Ya desprovisto de casi toda la ropa y bajo un potente foco bronceador, nuestro portero, mientras manos profesionales le aplicaban una loción protectora, hubo de oír un panegírico sobre las ventajas de la misma. "Ninguna otra reunía aquellas condiciones, reforzadas, además, por una triple vitamina natural", le explicaba una bella bañista en seco, protegida por una gran sombrilla tornasolada... Pero aparecerse un 31 de diciembre con frascos de loción bronceadora como regalo era en verdad algo descabellado por lo que aun a medio vestir, Juan abandonó aquella planta remontándose hasta la última.

Al abrirse la puerta del elevador una pelota de football le golpeó la cabeza. Juan pensó que el hecho había sido incidental, pero al momento otro pelotazo retumbó en su estómago y como viese que una tercera pelota se le avecinaba la tomó antes de que lo atropellase. Entonces el empleado que lanzaba los proyectiles aplaudió jubiloso y comenzó a elogiar las excelentes dotes deportivas de Juan sin dejar ni un instante de tirarle una pelota diferente la cual, según el vendedor, era siempre la de mejor calidad en todo el mercado. Pero Juan, recibiendo y rechazando balones, pensó que no era precisamente una pelota deportiva el regalo más apropiado para gente en su mayoría de cierta edad; por lo que rechazó la oferta. Entonces aquel empleado (¿O fue otro exactamente uniformado?) le puso en las manos, con extraordinaria habilidad, unos guantes de boxeo y antes de que nuestro portero pudiese rechazar la oferta comenzó a recibir golpes bastante fuertes y profesionales, por lo que hubo de lanzar también algunos puñetazos a la vez que oía hablar de las ventajas exclusivas de aquellos guantes. Mientras se defendía y reculaba salió sin darse cuenta a la terraza del edificio dedicada también a objetos deportivos. Allí una señora gruesa y completamente vestida de verde lo esperaba con un paracaídas. Se trataba de la mismísima Nancy quien, para predicar con el ejemplo, tomaba bajo su responsabilidad la venta de los objetos más insólitos. Al ver llegar a Juan, la legendaria y acaudalada señora sonrió con extrema amabilidad (el portero reconoció en aquella sonrisa la labor de Mr. Rozeman). En verdad Nancy estaba entusiasmada: en todo el día, Juan era la primera persona que entraba en aquella sección. Rápidamente le colocó el paracaídas y conduciéndolo hasta el extremo de la terraza, le dio las instrucciones preliminares para un buen lanzamiento.

—De todos modos, si no se abriera el paracaídas nada te pasaría — le dijo Nancy siempre optimista, ajustándole la última correa:— Sólo te darías un buen chapuzón en agua tibia. Efectivamente, en el centro del patio interior del gran edificio se levantaba una nube de vapor que salía de la piscina que, allá abajo, aguardaba a nuestro portero quien, para complacer a aquella señora tan elegante y tan solícita (se trataba además de una persona muy mayor) se preparaba ya para la zambullida. En ese momento, Nancy, siempre extremadamente cortés, le alargó la factura del paracaídas para que la firmase, preguntándole si pagaría en *cash* o con tarjeta de crédito.

—Yo no sabía que tenía que comprarlo —dijo Juan señalando para el paracaídas.

—¡Cómo! —bramó Nancy, súbitamente transformada en una fiera— ¿Así que quiere usted usar la mercancía y no pagarla? ¿Cree usted que yo estoy aquí para jugar?

—Yo pensé que era sólo una prueba —se excusó Juan apenado.

—¡Imbécil! —gritó la propietaria aún más enfurecida— ¿A quién se le ocurre ponerse un paracaídas si no lo va a usar?

—Usted me lo puso —protestó justamente nuestro portero. Y fue a quitárselo, pero como no era un experto en esos menesteres, en lugar de zafar un tirante, haló el botón que abría el artefacto.

Ante la furia de la dama, que lo amenazaba con demandarlo si no le pagaba de inmediato su mercancía, el portero remontó suavemente la terraza cayendo minutos después dentro de la famosa y tibia piscina. Desprendiéndose como pudo del paracaídas nadó hasta la orilla y abandonó corriendo el edificio donde la alarma contra robos, manipulada por la misma Nancy, comenzaba a sonar.

De todos modos, pensó el portero ya en su cuarto, nada podía comprar por el momento ya que el dinero se le había empapado.

XVIII

Al día siguiente, 31 de diciembre, Juan no tenía que ir a trabajar, no porque fuese ese un día de fiesta —todos los porteros tienen que trabajar los días feriados—, sino porque era su día de descanso. Pero él consideraba, dada la fecha, que era un deber pasar por el edificio, demostrándole así a los inquilinos que sus funciones iban más allá de las reglamentarias.

A las tres de la tarde, Juan estaba como siempre en la puerta con su impecable uniforme, sin que nadie se sorprendiese por ello; muchos ni siquiera repararon en que ese era su día libre; otros pensaron que lo hacía para ver si le daban una propina extra y hasta consideraron su presencia en la puerta como un acto de soberbia por no haberse conformado con lo que ya le habían dado. Tal vez era esa la razón por la que los inquilinos, a pesar de la extrema amabilidad con que Juan los saludaba ese día, apenas si le devolvían el saludo, con su indiferencia parecían decirle algo así como "Ya le hemos dado lo suficiente, así que déjese de zalamerías que no nos va a sacar ni un centavo más". Y seguían de largo ataviados con trajes acordes a ese día festivo.

A la hora de la comida, Juan fue a visitar a quien él aún consideraba su prometida, la señorita Mary Avilés. Del dinero que le habían regalado había colocado mil dólares en un sobre; dado su fracaso al tratar de comprarle algo en Nancy's, ese era el presente que quería hacerle. También pensaba alentarla para que con ese dinero se diese un viaje al sur del país, pues Juan pensaba que el trópico tal vez pudiera levantar el ánimo de la joven.

A pesar del intenso frío, Mary, semidesnuda, estaba sentada en el borde de la ventana abierta, ya que aspiraba a pescar una pulmonía fulminante y perecer. Había comenzado a nevar y el cabello de la joven estaba escarchado de blanco. El viento que entraba por la ventana volcaba todos los objetos habiendo ya derrumbado hasta una lámpara de pie. Con cierto alivio, Juan pensó que hasta la misma serpiente de cascabel se habría refugiado en un rincón lejano.

Nuestro portero avanzó hasta Mary Avilés y le extendió el sobre con el dinero. Mary Avilés miró indiferente al portero, tomó el sobre y leyó en voz alta lo que su supuesto amante le había escrito. "Feliz año, Juan". Era todo lo que Juan se había atrevido a escribir, y aún esa corta frase lo había obsesionado ¿No era hasta cierto punto ofensivo desearle a Mary Avilés un feliz año? De todos modos, Mary Avilés no se ofendió, aunque tampoco al parecer, se alegró. Al borde del abismo, y con aquel viento calándole los huesos, miró a Juan, abrió el sobre, vio su contenido y se lo devolvió.

—Te lo agradezco mucho, pero no puedo aceptarlo —dijo.

—¿Por qué? —se limitó a preguntar Juan.

—Porque yo no lo voy a necesitar y tú sí —dijo entonces Mary Avilés y, tal vez para complacer al portero, se retiró de la ventana cerrándola y fue hasta el sofá, donde se tendió.

—Pero podrías tomar unos días de descanso, irte al sur —dijo el portero y al momento se arrepintió: en el sur estaban precisamente los aborrecidos padres de la joven.

Pero Mary Avilés tampoco se mostró ofendida ante aquel consejo.

—No me gusta viajar— fue todo lo que dijo, y tendida en el sofá cerró los ojos.

Aunque la ventana ya estaba cerrada dentro hacía un frío intenso. Juan intentó cubrir a Mary Avilés con una colcha.

—No, gracias— fue todo lo que dijo ella, levantando una mano y volviendo a cerrar los ojos.

Obviamente parecía que esta vez, Mary Aviles no deseaba ni en lo más mínimo la presencia del portero, y esto deprimió aún más al joven. Si los otros inquilinos se habían mostrado indiferentes, por lo menos esperaba en Mary Avilés una actitud distinta, especialmente ese día. Cómo era posible, pensaba él, que ella no comprendiese que entre ambos existía una suerte de común fatalidad (y de común soledad) que tácitamente los debía unir. Si el portero había aceptado casi con alegría el hecho de considerarse el prometido de Mary Avilés no era porque desde el punto de vista físico ella le interesase más que cualquier otra mujer —ninguna, en verdad, le interesaba demasiado—, sino porque de una forma misteriosa pero cierta él intuía y a la vez sabía que aquella joven era su compañera... Pensando de esa manera (como él mismo certifica en sus apuntes) Juan intentó sentarse junto a ella en el sofá, pero Mary Avilés en lugar de hacerle espacio le habló.

—En realidad no eres tú quien debe hacerme un regalo —le dijo—. Al contrario, debo ser yo quien te dé algo. Perdona que no lo haya hecho antes, es que soy muy distraída. En aquella gaveta —le hizo un ademán al portero— hay algún dinero, cógelo.

—No vine a buscar ninguna propina— dijo Juan ofendido y se puso de pie.

Aquella oferta de dinero lo reducía también ante ella a la dimensión de un simple portero, sin ningún derecho a molestar a los inquilinos y menos aún en un día de fiesta. Así que Juan decidió marcharse, pero Mary Avilés le hizo una leve señal con la mano que el portero interpretó como un ruego para que se quedase y como la joven no volvió a mencionar el dinero, Juan pensó que por lo menos podría permanecer a su lado algunos minutos.

En realidad, desde el punto de vista de lo que podríamos denominar un trato normal, Juan nunca había tenido mucho que decirle a la joven, como tampoco, desde ese ángulo tradicional en el que las personas pueden hablar durante horas, nada tenía que decirle a los demás. Su misión, anotaba, no era esa. Pero por lo menos sabía escuchar a los otros, y al escucharlos los comprendía y al comprenderlos estaba más cerca de la posibilidad de poderlos conducir a la lejana puerta... Pero con Mary Avilés la situación era a la vez más embarazosa: El no podía escucharla; él no podía seguir la conversación de la joven pues ella casi no hablaba. Los diálogos terminaban al nacer, y hasta el mismo silencio parecía clamar por una palabra, aunque fuese convencional, que lo apuntalara. Pero la palabra no se pronunciaba y era el portero quien se daba por derrotado y se marchaba. Pero hoy, se decía Juan, todo el mundo necesita hablar. De alguna manera inconsciente (con un chiste, con una palabra o con un grito) la gente necesita resumir el año. El inventario no tiene que ser muy exhaustivo, pero es imprescindible. Reflejará lo que nos falta y por lo mismo nos alentará a buscarlo.

Pero para Mary Avilés no había otro inventario que no fuese el vacío y si algo le faltaba a ese vacío era precisamente la nada que la fortuna, con su eterna ironía, también parecía negarle.

Por más de treinta minutos, Juan permaneció en silencio, echado junto al sofá de Mary Avilés, esperando una palabra, un solo monosílabo que lo rescatara, que la rescatara. Pero la palabra no se dijo, y la desolada desesperación que siempre acompañaba a nuestro portero necesitó como otras tantas veces —y nuevamente oscurecía— hacer su explosión.

Ya hemos apuntado que si es cierto que nuestro portero no era un gran conversador, sino una persona que sabía escuchar a los demás, sí gustaba (o padecía de la irresistible necesidad) de improvisar extra-

ños discursos solitarios. Estos discursos los desarrollaba preferible-
mente frente al gran espejo del lobby o en el patio interior del edificio
donde el eco le devolvía sus palabras amplificadas y él, el portero, al
escucharlas las retomaba, persistiendo así un extraño juego de voces
que a veces se prolongaba durante todo su horario de descanso. Pero
en los últimos meses de su oficio como portero, estos extraños delirios
(también tenemos copias de las quejas redactadas por los inquilinos)
se hicieron cada vez mas periódicos e incoherentes. Precisamente
aquel 31 de diciembre del año de 1990, el discurso pronunciado en el
apartamento de Mary Avilés adquirió matices tan extraños que por
ser ese además un día singular en la vida del portero, consideramos
interesante reproducir algunos de sus fragmentos.

Contra la escasa luz del atardecer invernal que penetraba por la
ventana del apartamento de Mary Avilés, Juan avanzó (nosotros lo
mirábamos desde el otro apartamento supuestamente vacío) hasta
colocarse frente al espejo de la pared, y habló en alta voz.

—En la caída, suelo que nos aguarda, muñecos escribiendo en la
nieve chillidos sordos, ojos fijos, cables y uno hacia ellos, uno hacia
ellos, ¿qué sientes? Hacia abajo, hacia abajo, palmares pudriéndose
debajo de las represas estatales contaminadas y más gritos con la boca
cerrada. Se te cae una oreja, se te cae la otra oreja, se te cae la tercera
oreja, de cabeza en el fango, de golpe asfixiándote, asfixiándote, el
hielo entra por la nariz bien adentro, bien adentro. ¿Qué sientes?
Abajo, abajo, abajo, y era la luz, ahora mismo te lo digo: de sangre y de
nieve —por los ojos y por los dientes—, de chiporroteos de cerdos y
de cucharas hechas con pencas de coco; pencas congeladas formando
jaulas, sombras de pencas verdes que son jaulas, jaulas plásticas,
jaulas alumbradas, jaulas muy limpias... Y afuera, fango ardiendo,
fuego que abrasa, todo helado. Juan, Juan, Juan el amado, te vuelven a
llamar, qué has hecho, qué has hecho... Fuego ardiendo, fuego que
abrasa, todo helado, Juan el amado. Nada, Aún no has hecho nada. Ni
en contra ni en favor, nada que los salve. Nada que te salve. Ruidos,
una misma estupidez, la misma vieja de dientes desmesurados, una
sola mortaja blanca, una sola mortaja sobre techos y automóviles,
sombreros y narices. Así, acorralándolos, le dijeron. En la caída, en la
caída, en la caída, yo en el centro del promontorio que alumbra,
dientes hacia mí; fosforescencia de la que abre sus brazos cada vez
más cerca, cada vez más cerca. Donde quiera que vas la misma vieja,
un gran esqueleto llamándonos y quieras que no le pintas las cejas...

¡Juan el amado, Juan el amado, se han ido los caballos y las hojas y tus discípulos aún no han descendido al mar! Aún no existes. La nieve se acumula sobre las aceras y hay que rasparla, y ellos llevan dos mil años esperándote. ¿Amado? ¿Amado? ¿Amado?... No me hagas reír. Dientes muy caros. A sonreírles mientras cubres la calle con sal. Si pudieras te hicieras un cuello giratorio, pero para ver qué, para ver qué: para ver que busco a los que buscan sabiendo que no buscan y en un palmar inundo mi cadáver. Buzos armados, cinco mil varones, aún bajo el agua, temen que me escape. Cinco mil varones, yo no quiero repetir los mismos gestos de mansedumbre, ni quiero que tampoco ustedes me los hagan repetir. ¡Yo soy la puerta!, grito en medio del mar, debajo del agua. Yo soy la puerta. Entre las grandes hojas me escondo del sol y otra vez nacer ¿Así que eres la puerta? Imbécil...Cinco mil cenizas. Yo soy: No he olvidado la señal. ¡Abran! No he olvidado la señal. En el Malecón calcinado, en el muro, en el gran muro, sobre los árboles o en medio del hielo, cuarenta días o más sobre la arena: no he olvidado la señal. ¡Abran! ¡Abran! Hacia Capernaum... Tú eres la puerta. Y sólo el que escapa se queda, los demás viven para el odio y la renuncia... Es mi carne, es mi carne, me decían, les decía, pruébenla... Pero, primero salir corriendo, nadando, volando. Entonces ya veremos, ya verás, ya veremos, ya verán; ya veremos caballos y elefantes, ya veremos cielos y corredores, hervideros, enredaderas y desiertos, y un cangrejo en la luna. El me decía. Y tuvieron miedo...

Aquí el portero interrumpió su insólito discurso, pues el ruido de la serpiente de cascabel se había dejado oír demasiado cerca y poderoso para poder ser ignorado a pesar del estado de excitación o de inspiración en que el joven se encontraba.

Instintivamente, Juan se subió a una silla y allí estuvo unos minutos; luego, cuando se cercioró de que el animal no estaba por los alrededores bajó del asiento y se acercó a Mary Avilés. Quería por lo menos despedirse de ella con alguna palabra amable y recomendarle, como siempre, que fuera más cuidadosa con su vida. Y así lo hizo. Pero Mary Avilés no le escuchaba. Sus ojos estaban muy abiertos y en sus labios había una sonrisa de triunfo. Nuestro portero la llamó repetidas veces. Luego puso su oído sobre el pecho de la joven. Sólo escuchó el espeluznante tintinear de la serpiente de cascabel que se desplazaba con lentitud lejos de la habitación. Evidentemente, Mary Avilés había logrado al fin salir de este mundo.

Soltando un alarido, Juan se lanzó al pasillo. Tan alto fue su grito que aunque todos en el edificio celebraban con gran estruendo el fin de año no pudieron dejar de escucharlo.

XIX

A ninguno de los inquilinos le sorprendió la muerte de Mary Avilés. Todo lo contrario, informados desde hacía meses por la mujer del encargado de los intentos de suicidio de la joven, sintieron algún alivio cuando se enteraron de que, al fin, había alcanzado su propósito. La misma policía que tenía todos los *records* (no encontramos una palabra similar a esa en español) de la joven se limitó a hacer una investigación de rutina. Por pura formalidad dejaron un guardia en el pasillo quien no permitía que nadie entrase en el apartamento hasta levantar el cadáver; aunque, como todos sabían de la existencia de la serpiente de cascabel, nadie se atrevió a acercarse, con excepción del portero a quien, luego de hacerle algunas preguntas convencionales, le ordenaron marcharse. Juan hubiese querido permanecer allí, junto a Mary, pero aunque intentó acercársele varias veces no se lo permitieron. Por último comprendió que cuando un policía le ordena a alguien que debe retirarse lo mejor es desaparecer.

Aún estupefacto salió a la calle. Tomó un tren, que por cierto esa noche de fin de año era gratis, y se bajó en el centro de Manhattan, fluyendo con la muchedumbre hacia el tumulto de las fiestas pascuales. En Rockefeller Center habían izado un gigantesco pino cortado en alguna montaña y ahora centelleaba estibado de luminarias por encima de ángeles de alambre que erguían mudas trompetas que, además, si algún ruido hubiesen emitido el estruendo de los automóviles y de la gente lo hubiese acallado. A lo largo de la Quinta Avenida las vidrieras más lujosas del mundo exhibían monumentales muñecos electrónicos que remedaban situaciones, pasajes, historias o mitos navideños. Contra un cielo de plomo, típico del invierno neoyorquino, estallaron en racimos multicolores los primeros fuegos artificiales... Juan bajó hasta Times Square y se confundió con el mar de cabezas que erguidas y expectantes miraban hacia lo alto de la torre del edificio Times Square No. 1 donde un enorme reloj daría las doce de la noche a la vez que una especie de globo rojo y gigantesco bajaría por la aguja más alta del rascacielos. Como sólo faltaban treinta minutos para las doce, la muchedumbre entre un descomunal rugido se apretujaba cada vez más. Desde un ángulo de aquel espacio congestionado, alguien, con indolencia criminal, lanzó al aire una botella que obviamente tenía que caer sobre la cabeza de alguna persona, lo que provocó que la policía montada irrumpiese violentamente en medio de aquel conglomerado, lanzando los caballos sobre la gente que en oleada frenética intentaba apartarse.

Cuando una de esas ráfagas humanas cruzó por donde estaba el portero éste sintió que una mano experta hurgaba en uno de sus bolsillos. Al retirarse la avalancha, Juan experimentó un gran alivio al comprobar que el bolsillo donde llevaba el dinero que le habían dado como propina estaba vacío. Pero de repente notó que todo el dinero no había desaparecido; en el otro bolsillo estaba aún el sobre con los mil dólares que había intentado regalarle a Mary Avilés. Como la suma aún se mantenía intacta, Juan se introdujo nuevamente entre la multitud que ahora corría en dirección opuesta, pues otra botella acababa de hacer blanco sobre una cabeza. Juan fue arrastrado y atropellado por la nueva estampida; pero cuando la turba pasó y el orden se restableció momentáneamente, comprobó con desencanto que esta vez no le habían robado nada, por lo que de nuevo entró a empujones en la muchedumbre que cada vez más entusiasmada miraba para el gran reloj. Con extrema confianza, Juan se acercó a los grupos de jóvenes que tenían aspecto de desvalijadores profesionales, hasta hubo momentos en que dejó que algunos billetes, saliéndose del sobre se asomasen tentadoramente por el bolsillo. Pero ya hasta los mismos carteristas parecían estar sólo atentos a las agujas del inmenso reloj que pronto daría las doce de la noche.

Comprendiendo que nadie le iba a robar aquel dinero que, de repente, él no quería seguir portando, Juan pensó que lo mejor era volver al edificio donde trabajaba y dejarlo en la puerta. Y súbitamente aquella idea se convirtió en un deseo que era además una orden, una llamada emitida desde la misma puerta. Ahora, pues, el asunto no era mezclarse con aquella gente sino salir de allí. Y estaba en el mismo centro de Times Square... Juan empujó y fue empujado, atropelló y fue atropellado hasta burlar la cadena de policía que intentaba imponer cierto orden en medio de aquella confusión.

Finalmente, pudo tomar el tren y dirigirse a su centro de trabajo.

Cuando llegó al edificio sólo faltaban diez minutos para las doce de la noche. El lobby estaba vacío y en el centro centelleaba el árbol de navidad espléndidamente adornado de donde salía un sonido mecánico que intentaba remedar el gorjeo de un pájaro, quizás —¿Quién sabrá porqué?— el de un sinsonte. Juan sacó el sobre con los mil dólares y lo colocó junto a la puerta de cristal donde pudiese ser descubierto por la primera persona que apareciese. Aún en otro mundo se quedó de pie mientras su rostro cambiaba de color de acuerdo con el relampagueo intermitente de los bombillos que colgaban del árbol de navidad. De los pisos cercanos llegaba la música y la risa de sus propietarios y de los invitados junto con otros ruidos. Gritos de júbilo, aplausos, botellas que se descorchaban, pequeños cohetes de uso doméstico que hacían explosión y los estridentes chillidos de algunos niños quienes por ser día festivo saltaban con autorización en los pasillos alfombrados. También el portero percibía ecos de ladridos, piares, maullidos y gruñidos de animales que entre tanta confusión le era imposible determinar dónde estaban... A medida que el tiempo avanzaba –y ya sólo faltaban tres o cuatro minutos para las doce de la noche–, la música, los pasos de los bailadores, las risas, todos los estruendos fueron ascendiendo hasta formar un rugido unánime que simulaba salir del edificio en general y no de espacios determinados. Tal parecía que aquella gente, y con ella la ciudad entera, quisiera aprovechar el poco tiempo que aun les quedaba del año para hacer todo lo que durante los meses anteriores hubiesen querido hacer y no habían hecho, intentando realizar (y agotar) en tres minutos todo lo que en trescientos sesenta y cinco días no habían podido disfrutar; queriendo atrapar en esos tres, dos minutos ya, un minuto ya, todo el tiempo; todo el tiempo que, sin advertirlo, se les había escapado... *Antes de que sea demasiado tarde, antes de que sea demasiado tarde, antes de que sea demasiado tarde*, parecía decir aquel rugido unánime... Y aunque Juan sabía, como todo el mundo, que en pocos segundos serían ya las doce de la noche, le fue imposible contener, como todo el mundo, un gesto de sorpresivo terror cuando sonaron las doce campanadas tan rotundas como implacables e irrepetibles. Y de inmediato, toda la ciudad anunció mediante sus infinitos artefactos sonoros y visuales que eran ya las doce de la noche del año de 1990. El cielo se colmó de estampidos y luminarias. Y cuando el clamor fue una especie de unánime paroxismo amplificado por diez millones de gargantas, la ya conocida sensación de desesperación y de asfixia, de casi absoluta frustración, volvió a poseer a nuestro portero. Concluía un año más y aún él no había encontrado la puerta, y no sólo eso, ni siquiera había podido hacerles saber a los demás lo importante que era encontrarla... De modo que el estruendo de los inquilinos del edificio y el de la ciudad en general no fue para Juan una manifestación de alegría, sino un grito de desesperado reproche dirigido desde luego a él, el portero. Y al contemplarse otra vez en el gran espejo del lobby —su uniforme reluciente, sus botonaduras doradas, su sombrero de copa, sus guantes blancos—, Juan tuvo casi la aterradora certeza de ser no un salvador sino un payaso, un lacayo más de aquel engranaje ridículo. ¡El más bajo de los lacayos! Compelido a repetir gestos pomposos, frases y ademanes supuestamente gentiles a todas aquellas personas que porque podían darse el lujo de pagarse un portero caminaban con las narices enfiladas hacia el techo.

Entonces se dijo —y ya comenzaba a monologar en voz baja— de ser todo así (como en esos momentos él lo veía) de no haber otra cosa, otro fin que un eterno abrir y cerrar de puertas para que la gente entrase y saliese de ningún sitio hacia ninguna parte, ¿qué sentido tenía seguir cumpliendo aquella función? ¿Qué sentido tenía seguir viviendo?... De un momento a otro —y ya hablaba en voz alta— subiré a felicitarlos, brindaré con ellos, recibiré la palmadita y hasta el furtivo y supuestamente generoso apretón de manos. ¡No! —se gritó a sí mismo y con tal fuerza que si los invitados e inquilinos no lo escucharon fue sencillamente porque en aquel momento el estruendo que producían todos ellos era abrumador. Y allí mismo, junto a la gran puerta de cristal, el portero se quitó el uniforme, tiró los guantes y el sombrero y, vistiéndose con su ropa de calle que guardaba en el closet aledaño dedicado a ese fin, decidió en ese mismo instante, colmado de abrumadora lucidez o de absoluta locura, abandonar no sólo aquel edificio, no sólo aquella ciudad, sino, al igual que Mary Avilés, el universo completo. *Desapareceré de una manera rotunda y por lo menos no seré uno más en este mecánico concierto que no va a ninguna parte...* Atrás había dejado un mundo *"al que no quiero no sólo regresar sino ni siquiera recordar".* Y sin embargo esta otra realidad era también para él un mundo al que había que modificar para que fuese habitable. Y si bien era cierto que no podía tolerar lo que había dejado (aunque a pesar de sí mismo tampoco lo olvidaba) también era cierto que no podía permanecer en la realidad que había encontrado. Y si nada de esto podía ser transformado de acuerdo con sus aspiraciones —pensaba aún en voz más alta y ya se encaminaba al exterior—, dónde entonces quedarme. Qué sentido tiene estar aquí, o allá, o en cualquier sitio...

—Buenas noches— dijo en ese momento una voz femenina desde el ascensor —buenas noches— volvió a repetir la voz siempre en inglés con acento británico, y ahora en un tono algo más alto, por lo que a Juan no le quedó otra alternativa que volverse para saludar.

Pero en la puerta abierta del ascensor no había persona alguna. Quien estaba allí era Cleopatra, la famosa perra egipcia propiedad de los Warrem. El animal, avanzando siempre con gran parsimonia, se acercó al portero y otra vez en impecable inglés le dio las buenas noches. Y como Juan aún permanecía estupefacto, la perra agregó:

—Espero que no te sorprenda el saber que yo hablo, pues me sentiría verdaderamente ofendida.

—No, no claro. De ninguna manera— dijo el portero aún más confundido.

—Bien —prosiguió Cleopatra—. No tenemos mucho tiempo ahora. Me escapé del apartamento aprovechando la confusión del fin de año, pero de un momento a otro empezarán a buscarme —aquí la distinguida perra señaló con los ojos hacia lo alto—, por lo que nuestra conversación tiene que ser muy breve. Oí tus palabras y tus gritos. Ellos —Cleopatra volvió a mirar hacia el techo— por suerte no oyeron nada... Escúchame: yo y un grupo de amigos necesitamos hablar contigo. Es importante. Todo está arreglado para podernos encontrar mañana por la mañana a las diez en el sótano. Ahora recoge el uniforme y el dinero y vete a descansar. Recuerda, mañana por la mañana, en el sótano. Adiós.

Rápidamente pero sin perder la solemnidad, Cleopatra tomó el ascensor y se marchó.

El portero, entre atónito y entusiasmado, la vio alejarse. Luego se puso el uniforme, guardó el dinero y se marchó a su habitación al otro extremo de la ciudad.

Hacemos un alto en esta crónica para advertirle al lector que si remotamente espera algún tipo de justificación racional o científica (o como se le llamen a esos menesteres) sobre la actitud de Cleopatra y sus facultades, nos adelantamos a decirle que no se haga ni la menor ilusión. La razón por la que no podemos darle ninguna explicación a estos acontecimientos y a los que se aproximan es muy sencilla: No poseemos tal explicación. Nos limitamos —ya lo hemos dicho— a transcribir los hechos tal como sucedieron y fueron compilados. No olviden —ya también lo hemos dicho— que somos un millón de personas. Sintetizamos, pues, en esta crónica o testimonio todo lo que hemos visto, leído, oído o captado, incluyendo hasta los estados anímicos de nuestro principal personaje —el portero—, estados anímicos que nuestros sicólogos (entre paréntesis, los mejores de Norteamérica) con base en nuestros informes han descifrado. Pero por ningún motivo podríamos florear con disquisiciones fantásticas o seudocientíficas lo que sencillamente no entendemos.

Nuestro propósito —entre otros muy importantes que ya daremos a conocer— es resumir por escrito la historia de nuestro portero con la esperanza de que personas menos desdichadas que nosotros puedan entenderla.

Resulta casi innecesario recordarle a ese remoto intérprete que no sin dificultad, y por cuestión de principios, hemos preferido poner dicha historia en español, aunque casi todos los diálogos, monólogos, grabaciones, escritos, entrevistas y otros documentos originales, están, desde luego, en inglés.

Por ahora hasta nuestras penas se mueven en una lengua extranjera.

LA PUERTA

¿Pero cómo sería la puerta? Porque aunque lo importante no era la puerta en sí misma, sino la determinación de cruzarla y lo que más allá nos aguardara, su forma, la forma de esa puerta, influiría en las decisiones que tomarían los que a ella se acercaran... ¿Una puerta como una torre, coloreada y cincelada por los mismos ángeles? ¿Airosa como la de un palacio? ¿Imponente como la de una catedral? ¿O sutil, casi invisible, sólo para ser detectada por los elegidos?... Una puerta ante la cual, Roy Friedman se precipitara jubiloso dejando en el umbral su pesada carga de caramelos y melcochas, seguido por Joseph Rozeman quien por primera vez sonreiría con su boca desdentada. Una puerta. Una puerta por la que Brenda Hill cruzaría absolutamente sobria y junto a la que Scarlett Reynolds, antes de trasponerla dejaría su fortuna y su perro de trapo. Una puerta donde ya Juan veía entrar a unos Oscares Times sosegados, y hasta a la estruendosa familia Pietri y Stephen Warrenm que avanzaba conversando amistosamente con Arthur Makadam. Una puerta ante la cual reaparecería súbitamente el señor Skirius y —fascinado ante aquel invento, la puerta— se decidiría a entrar. Una puerta bajo la que la misma Casandra Levinson reconocería los fallos de su deshumanizada filosofía y avanzaría decidida a recomenzar. Una puerta a la que John Lockpez, sin tocarla, franquease comprendiendo también lo absurdo de su militante fanatismo. Una puerta única para Mary Avilés quien con un gesto de complicidad llamaría al portero para juntos cruzarla... ¿Pero cómo sería esa puerta? ¿Con qué adornos estaría engastada? ¿Mármoles? ¿Relieves? ¿Grabados? ¿Pinturas? ¿Marfiles? ¿Estatuas?... Una puerta, una puerta ¿Una puerta labrada? ¿Flotante? ¿Cuadrada o circular? ¿Leve o grandiosa?... Una puerta, una puerta. ¿Un simple marco de madera? ¿Una estructura combada y perentoria? ¿Un espacio de luz entre las nubes? ¿O un pequeño hueco en el muro?... Sí, una puerta, una puerta exclusiva. Pero, una vez traspuesta, ¿qué?

SEGUNDA PARTE

XX

Arribamos ahora al punto más difícil de este trabajo, basado, como ya hemos dicho, en los informes de nuestros aliados y en los escritos de nuestro portero. Realmente, no sabemos a ciencia cierta qué estilo emplear para hacer esta historia más verosímil sin por ello afectar la parte aparentemente fantástica que la misma conlleva.

Desde luego, al ser planteadas estas dificultades referentes a la composición literaria, propias de una comunidad cuya labor no es precisamente la literatura, algunos nos han reprochado (hasta por escrito) el haber tomado nosotros, un equipo anónimo de personas no especializadas en esta materia pero nombrado por la mayoría, las riendas de este recuento, cuando contamos con individuos aislados que son, o se dicen ser, verdaderos escritores y que seguramente podrían desempeñar esas funciones mejor que nosotros.

¿Por qué pues —nos reprocha esa minoría siempre discrepante que existe en todo conglomerado social libre— no solicitar el concurso de un Guillermo Cabrera Infante, de un Heberto Padilla, de un Severo Sarduy o de un Reinaldo Arenas, personas más aptas para esas tareas? ¿Por qué —siguen reprochándonos nuestros quisquillosos criticalotodo— meternos en camisas de once varas o en un terreno que no nos pertenece cuando contamos con verdaderos expertos radicados en el exilio?

La razón es muy sencilla. Con Guillermo Cabrera Infante este relato perdería su sentido medular y se convertiría en una suerte de trabalenguas, payasada o divertimiento lingüístico cargado de frivolidades más o menos ingeniosas. Heberto Padilla aprovecharía cada renglón para interpolar su yo hipertrofiado, de modo que en vez de ofrecernos las vicisitudes de nuestro portero, el texto se convertiría en una suerte de autoapología del propio escritor donde el mismo, siempre en primera persona y en primer plano, no dejaría brillar ni al más insignificante insecto. Y aquí hasta los insectos tienen su papel, como ya veremos más adelante... En cuanto a Reinaldo Arenas, su homosexualismo confeso, delirante y reprochable contaminaría a todas luces textos y situaciones, descripciones y personajes, obnubilando la objetividad de este episodio que en ningún momento pretende ser ni es un caso de patología sexual. Por otra parte, si nos hubiésemos decidido por Sarduy, todo habría quedado en una bisutería neobarroca que no habría Dios que pudiese entender. De manera que, a pesar de nuestra torpeza en estos menesteres, nos vemos compelidos a seguir adelante por nuestra propia cuenta y riesgos.

XXI

Todo el resto de la noche del 31 de diciembre de 1990 lo pasó nuestro portero en su cuarto, pero sin poder dormir. Todavía le parecía increíble el haber escuchado hablar a una perra. Así que, aunque, como acabamos de decir no durmió, cuando se levantó pensó que había tenido una pesadilla. Y para comprobar si estaba en lo cierto se dirigió al edificio donde trabajaba y a las diez en punto bajó al sótano, siempre con la esperanza de encontrarlo desierto.

Pero no fue así a pesar de su estricta puntualidad, lo esperaban ya todos los animales del edificio y sus alrededores. Al entrar Juan, se hizo un momento de silencio interrumpido por Cleopatra, quien dirigiéndose al invitado le habló de este modo:

—No creo que sea necesario presentarte a mis amigos, a muchos de ellos los conoces y a los otros los conocerás muy pronto. Además, tenemos poco tiempo y debemos aprovecharlo. La razón por la que te hemos invitado a esta asamblea es la siguiente: Todos nosotros nos hemos dado cuenta de tu gran preocupación por las personas que habitan este edificio, pero en ningún momento hemos notado que hayas mostrado el mismo interés por nosotros...

—Ni el mismo, ni ninguno— interrumpió al punto la gata de Brenda Hill con todos los pelos parados.

—No se puede hablar así— intercedió una perra sata pertenecien-te al señor Lockpez—. En varias ocasiones a mí me ha pasado la mano por el lomo.

—¡Lomo! ¿Tan vil te consideras que aceptas tener lomo en tanto que ellos tienen espaldas? —ripostó aguadamente la gata de Brenda Hill.

Y como ya otros animales querían sumarse a la discusión, Cleo-patra, con un fuerte ladrido, ordenó silencio, y dirigiéndose al portero prosiguió de esta forma: —Espero que tampoco te sorprenda dema-siado que mis amigos hablen, al igual que yo, tu misma lengua. Lo hacemos, desde luego, para que nos puedas entender, pero en todos los demás casos, tanto por cuestión de principios como por seguridad personal, utilizamos nuestro propio lenguaje que espero pronto aprenderás... Pero, en fin, volvamos al motivo de esta arriesgada reunión. Queremos hacerte comprender, entre otras cosas, que ninguna de las personas por las cuales tú tanto te preocupas te han entendido una palabra; es más, ni siquiera te han escuchado y hasta están ya planeando cómo echarte del edificio.

—No lo están planeando, no— corrigió una de las cinco chihuahuas de la casa Pietri, quitándose el audífono personal que llevaba instalado a sus orejas —Ya lo tienen todo planeado, según le oí decir al encargado.

Bien —respondió Cleopatra—. Eso quiere decir que tenemos menos tiempo del que pensábamos.

¡Ningún tiempo! ¡No tenemos ningún tiempo! gritaron ahora las cinco chihuahuas al unísono. Luego, volviéndose a colocar los audífonos personales, ladraron rítmicamente sin dejar de contonearse, por lo que Cleopatra, con un gruñido violento, ordenó silencio.

—Nuestra propuesta es la siguiente— prosiguió la perra egipcia, dirigiéndose al portero—: Primero, que nos escuches; luego, que medites; después, que te unas a nosotros.

A estas palabras de Cleopatra, el basemen (perdón el sótano) se pobló de gruñidos, maullidos, piares y ladridos de aprobación.

—Una vez de acuerdo— continuó Cleopatra por encima de la barahúnda—, intentaremos buscar una solución, o como tú mismo has dicho, *una salida*, o *una puerta*. Una puerta para ti y para nosotros. No para ellos, los inquilinos, que no la necesitan, porque ni siquiera se han percatado de que están presos.

—¡Pero yo sí que me he percatado! —se alzó la estridente voz de una de las cotorras que revoloteaba amarrada junto a su compañera— ¡Y bien que me he percatado! Cinco años hace que estoy encerrada!

—Alimentándonos con pedacitos de pan y leche agria— completó la protesta la otra cotorra.

—No nos querrán decir que la situación de ustedes es peor que la nuestra— protestaron a la vez las cinco perras chihuahuas, volviéndose a quitar los audífonos—. Al menos ustedes —y ahora sólo hablaba una de las chihuahuas— lo único que tienen que hacer es dar vueltas en su aro y picar pedacitos de pan, pero nosotras en cambio, además de estar encerradas, tenemos que bailar mientras olfateábamos cariñosamente a nuestros amos con nuestros hocicos.

—Hocicos no, labios —protestó la gata de Brenda Hill— ¿O es que ustedes se creen inferiores a ellos?

—Ellas se creen inferiores —puntualizó una de las ratas del super—, de lo contrario no se pasarían la vida bailando para sus amos y pintándoles mil monerías...

—¿Monerías? Intervino al punto el orangután del señor Makadam que ahora vivía escondido en un túnel del jardín—. Ellas no son monos para hacer monerías. Y hablando de *monerías*, veo que siempre se usa esa palabra en tono despectivo y asumiendo por descontado que nosotros imitamos con nuestros gestos todas las maromas y demás movimientos de los hombres. Pero una simple respuesta dada correctamente a mi pregunta bastaría para aclarar esa confusión para nosotros ofensiva: ¿Quién surgió primero? ¿El hombre o el mono? Hasta los mismos hombres no vacilan en afirmar, como es lógico, que nosotros vinimos al mundo miles de años antes que ellos. ¿Entonces, queridos amigos, quién imita a quién?...

—Muy cierto— siseó la serpiente de Mary Avilés. Y por lo mismo, como nosotras, las serpientes, vinimos al mundo antes que el mono, no sólo el mono sino también los mismos hombres nos imitan. Ah, y hablando de hombres, ya que hay uno aquí —la serpiente irguiendo parte de su cuerpo miró fijamente a nuestro portero—, deseo aclararle que no fui yo quien mató a la señorita Avilés, como se comenta. Nunca la mordí. Ella se suicidó tomándose veintisiete pastillas de cianuro de potasio. En realidad, cuando ayer llegaste al apartamento ya Mary Avilés se había envenenado. No me explico cómo no lo advertiste en su rostro que era verde. Incluso, yo hice mucho ruido para ponerte en aviso, pero claro, tú pensaste que lo que yo quería era morderte...

—¿Y por qué no me hablaste como lo haces ahora?—, se quejó desesperado el portero—. Tal vez hubiéramos podido salvarla.

—Lo hice —y la serpiente se incorporó todo lo que pudo—; pero no me prestaste ninguna atención. Lo que te interesaba era pronunciar tu discurso. Por otra parte...

¡Cállate! —gruñó Cleopatra y miró a la serpiente con sus ojos violetas y encendidos—. Primero, ninguno de ustedes tenía órdenes de hablarle al portero en su propio idioma hasta que nos reuniéramos aquí y segundo, no estamos precisamente aquí para perdernos en discusiones tontas o en cosas que ya no tienen arreglo. Estamos para, por encima de nuestras discrepancias, llegar a un acuerdo. Ahora bien, independientemente de que seamos o no superiores al hombre, no somos hombre y hasta ahora el mundo, en gran medida, está regido por ellos. Así que, además de nuestra alianza necesitamos también un aliado en el campo enemigo, alguien que, por decirlo de alguna manera, nos pueda *representar* y a quien a la vez podamos ayudar. Y hemos pensado, luego de observarte detenidamente, que esa persona eres tú —concluyó Cleopatra mirando hacia el portero.

—¡Sí! ¡Sí! ¡Tú! ¿Qué dices de ti mismo? —escandalizaron varios animales en torno al portero—. Porque nosotros tenemos mucho que decirte.

Cleopatra, luego de olfatear en dirección a la puerta, habló rápidamente a la asamblea.

—Comprendo la desesperación de ustedes por contarle sus penas al portero. Pero de esta manera no podremos ponernos nunca de acuerdo, y por hoy ya no tenemos tiempo. La próxima cita será aquí el viernes a la misma hora. La primera en hablar será la paloma torcaza y nadie podrá interrumpirla. Volvamos a nuestros sitios como si nada hubiese pasado.

A toda velocidad los perros, los gatos, las cotorras, el mismo orangután y los demás animales, incluyendo al oso de Casandra Levinson, las palomas torcazas, los ratones y hasta las mismas jicoteas, que eran transportadas por el mono, desaparecieron del sótano. Pero antes giraron alrededor de nuestro portero y entre ladridos, siseos, maullidos, chillidos, piares y gruñidos se despidieron entusiasmados. Los animales del señor Lockpez se unieron a su pareja antes de desaparecer.

Ya era tiempo de marcharse, pues el encargado, que había escuchado algún ruido extraño, bajaba a investigar. Pero gracias a su acostumbrada pereza, cuando llegó al sótano se encontró sólo con el portero.

—¿Qué hace usted aquí a esta hora? —preguntó molesto.

—Vine a limpiarle las ventanas a la señora Brenda Hill—, contestó nuestro portero.

—¿Desde cuándo las ventanas de la señora Hill están en el sótano?

—Buscaba un trapo o una esponja.

—Aquí no hay nada de eso, y si lo hubiera debe dirigirse a mí antes de procurarlo. ¿Me entiende?

—Desde luego—, dijo Juan en voz baja.

Pero el encargado creyó percibir en aquella respuesta cierto tono de rebeldía y hasta un dejo de incipiente entusiasmo.

—De todos modos tendré que reportarlo a la administración—
dijo, y con aire preocupado tiró la puerta.

XXII

A pesar del responso del encargado y de la amenaza del informe a
la administración (amenaza que seguramente cumpliría), nuestro
portero se encontraba bajo el estado de una evidente fascinación. Los
animales le habían hablado y, es más, al parecer, habían decidido por
unanimidad que fuese él, y nadie más, la persona indicada para que
los escuchase y los ayudase. De manera que ahora Juan no solamente
—así lo pensaba y comentaba en voz alta— tendría que dedicar su
tiempo a oír y a resolver de una manera eficaz los problemas de los
inquilinos llevándolos por diversos modos a una salida —o entrada—
apropiada, sino que además tendría que ayudar a los animales propiedad de esas personas y hasta los animales sin dueño que también
habían asistido a la reunión, como las ratas, las ardillas, y hasta una
mosca que sobrevolando dentro del aliento del oso sobrevivió al frío
del sótano.

Luego de haber almorzado en una cafetería cercana y aunque aún
no era la hora de entrada a su trabajo, Juan se apostó, entre sonriente
y preocupado, junto a la gran puerta de cristal, sumiéndose en sus
divagaciones.

Debemos reconocer, en honor a la verdad, que algunas de las
quejas redactadas contra Juan tenían motivaciones razonables. En las
últimas semanas su estado de ensimismamiento era notorio. En algunas ocasiones los mismos inquilinos tuvieron que abrir la puerta,
pues aunque el portero estaba allí parecía en verdad estar en otro
mundo. Resulta extraño que el encargado no le mostrase esas quejas
al portero, tal vez no quiso ponerlo sobre aviso para que el joven
siguiera cometiendo la misma grave falta.

Pero si ese estado de ausencia y a veces hasta de semidelirio ya era
conocido en Juan, luego de su primer encuentro con los animales se
agudizó. Tan impresionado había quedado con aquella reunión y con
el entusiasmo con que los animales lo recibieron —cómo olvidar
aquellas miradas exaltadas y llenas de esperanza— que cuando sobre
las siete de la tarde comenzaron a bajar los inquilinos, Juan, en medio

de su confusión o de su admiración, en lugar de hacerle una discreta reverencia a la señora Brenda Hill se la hizo a su gata, y en vez de darle la mano al señor Lockpez, quien como siempre se la extendió solícitamente, Juan le estrechó la pata a una paloma doméstica que el religioso, en señal de beatitud, llevaba amarrada al hombro.

El asombro por parte de los inquilinos fue mayor aún pues los animales parecían responder eufóricos a aquellas muestras de amistad dadas por nuestro portero. De manera que las tres perras del señor Joseph Rozeman le sonrieron esta vez a Juan de una forma mucho más expresiva que la acostumbrada; el conejo de los Oscares Times a pesar de su timidez se atrevió a olfatearle un pie al portero (sin, cosa asombrosa, sufrir el temido ataque del perro buldog que hubiera podido cogerlo desprevenido); y hasta las vulgares chihuahuas del señor Pietri, siempre conducidas por Pascal Junior, dejaron de ladrar y contonearse cuando cruzaron junto a nuestro portero. Por último, cuando venían ya de regreso los representantes de la iglesia del Amor Incesante, una de las cotorras le dijo a Juan "Hasta la vista" en un inglés más perfecto que el de su dueño, el señor Lockpez. Aquí el portero no pudo contenerse y en su inglés hispano le dio las buenas noches a la cotorra. Afortunadamente, como es común en esos animales emitir voces humanas, lo que sorprendió al señor Lockpez no fue que la cotorra hubiese hablado sino que la misma no hubiese repetido, como siempre, la jerga religiosa que él le había enseñado.

El único animal que cruzó con absoluta indiferencia junto a Juan fue Cleopatra, quien siguió adelante escoltada casi solamente por Mr. Warrem. Sólo cuando ya estaba dentro del ascensor, Cleopatra se atrevió a lanzarle una rápida mirada de complicidad al portero, como diciéndole "No faltes". Desde luego que no, dijo para sí mismo Juan, e hizo una inclinación rumbo al elevador que ya ascendía.

XXIII

La paloma torcaza comenzó su discurso de esta manera:

—Me satisface ser la primera invitada en esta asamblea, pues mi situación es similar a muchos de los aquí presentes, así que también puedo hablar por ellos. Que esté el portero aquí, a quien conozco desde hace tiempo y siempre he mirado con lástima (la misma que él me tiene a mí), es también importante. Sin él tal vez no pudiéramos tomar una decisión absolutamente adecuada y de tomarla no podríamos llevarla a cabo. Por otra parte, el portero y yo somos (salvando las plumas y otros detalles insignificantes) casi una misma persona, o un mismo animal, como él prefiera. Los dos somos originarios del trópico, los dos vivimos ahora en un clima para nosotros antinatural, los dos soñamos con nuestro paisaje y, lo que es aún más importante, los dos estamos prisioneros. El es prisionero de una circunstancia que por muchas razones no puede eludir y de un pasado al que aunque quiera no puede renunciar. Y aunque no es precisamente a ese pasado al que nuestro portero quisiera volver, él (al igual que yo, al igual que todos nosotros) desea partir... Así pues la finalidad de esta reunión no puede ser otra que la de decidirnos a seguir siendo prisioneros o a optar por la fuga. Naturalmente, si estamos prisioneros, y nadie negaría que lo estamos, la acción que parece incuestionable es la fuga, o al menos su intento. Y sin embargo, es la fuga lo que voy a cuestionar, yo, que desde que vivo en este encierro no pienso más que en ella... El tiempo y el cautiverio me han hecho perder destreza en todos mis músculos, ligereza en el vuelo, percepción en la vista, astucia para burlar la escopeta o la trampa y tal vez hasta constancia para buscarme por mí misma el sustento. Ustedes también han perdido esas cosas, o cosas semejantes, aunque quizás no quieran reconocerlo... —Aquí su mirada abarcó a casi todos los animales de la asamblea y al portero—. Por otra parte, para qué negarlo, le temo al frío que padeceré en la huida hasta llegar, si llego, a tierras cálidas; pues me imagino que sería a tierras cálidas y no al Polo, donde parece que ya habitamos, donde en caso de una fuga nos dirigiríamos. También le tengo pánico a ser cazada y asada. Claro, la carne de otros miembros aquí presentes no es tan estimada como la mía... También me pregunto si acaso podríamos vivir allá de donde hace tanto tiempo que partimos. Aquí tenemos ciertas comodidades y hasta cierta seguridad, no nos falta la comida y en general podemos decir que nadie vendrá a matarnos. Allá, los otros animales llamados, qué vergüenza, *salvajes*, ¿nos aceptarían? ¿Y si nos aceptan no habrá siempre por parte de ellos un reproche latente y por parte nuestra una perenne inseguridad? ¿Podríamos adaptarnos a estas alturas al rigor de aquella vida libre, pero peligrosa?... Sí, ya sé que empezar la reunión con estos planteamientos podría tomarse como una actitud indolente y derrotista y hasta prodrían ver en mis palabras un interés en mediatizar la opinión de los demás. Pero debo decirles que muchas veces yo también he pensado en la fuga. Una mañana hasta hice el intento. Ni siquiera sabía qué dirección tomar; el frío se hizo más intenso y a las pocas horas ya estaba cansada. Me fue hasta difícil regresar. También llegar a un sitio donde hubiera otras palomas torcazas me hubiera dado vergüenza; mi plumaje ya no tiene el brillo que antes tenía y hasta mi canto ya no es un arrullo sino una suerte de gorjeo sordo que aquí gusta porque no pueden compararlo... En fin, no digo absolutamente que no; pero tampoco digo que sí. Sólo me pregunto ¿lo lograremos? Y si lo logramos, ¿podremos sobrevivir? — aquí la torcaza hizo un breve alto en su discurso para espulgarse debajo de un ala, luego con voz más segura concluyó—: Aunque desde luego, no cabe duda de que con un hombre tan inteligente como el portero, en caso de que se opte por la fuga, él estará de acuerdo en que nos traslademos para una tierra cálida, fresca y fértil y en que habitaremos en las copas de los árboles. De todos modos, y para terminar, cualquier cosa que hagamos debemos pensarla muy bien.

En cuanto la paloma torcaza dio por terminado su discurso, la ardilla, el mono y las cotorras manifestaron estentóreamente su acuerdo en lo referente a mudarse para las copas de los árboles tropicales. Pero al instante una de las tortugas pidió la palabra para decir que aprobaba la idea de elegir la zona más cálida para vivir, pero que una vez en esa zona al lugar al que debían trasladarse era a una laguna.

—Una laguna, rodeada de árboles, sí, pero para que nos den frescura y alimento, no para andar encaramados en ellos, lo cual es poco serio y poco seguro. El hecho de que en esta asamblea yo sea la más vieja —continuó la tortuga— es una prueba convincente de que tengo razón. Me explicaré...

Pero aunque la tortuga comenzó un discurso que al parecer iba a ser largo, fue interrumpida por la serpiente quien en tono sibilante y preciso alegó que el elemento ideal para vivir era desde luego la zona tórrida, pero entre cosas sólidas como las piedras y la tierra.

—Los subterráneos y las cuevas son las mejores viviendas —precisó la rata.

—El agua del mar es indiscutiblemente el mejor elemento para la vida por ser el más amplio y por lo tanto el que más posibilidades ofrece —afirmaron los dos peces dorados del señor John Lockpez saltando en la pecera que había sido transportada por el mono y que ahora descansaba en las manos del portero, pues el orangután no se estaba quieto ni un instante a pesar de las miradas fulminantes de Cleopatra.

—Hasta ahora sólo he oído hablar del trópico —protestó el oso— pero yo estoy por la nieve, y formo parte importante de esta asamblea. Sin mi protección no creo que puedan ir muy lejos...

—¡Arboles! ¡Gigantestos bambúes y baobaos! ¡Eso es lo que queremos! —chilló el mono.

—El mar, el mar... —se agitaban los peces dentro de la exigua pecera.

—Las cuevas —proponía la rata.

—Una laguna —sentenciaban al unísono las dos jicoteas del señor Lockpez.

En tanto, las cinco chihuahuas del super, alegando que no les interesaba ya aquella reunión proponían disolverla y marcharse, porque además, ya era hora de que les dieran la comida y seguramente la señora Pietri las andaba buscando.

Pero Cleopatra, con voz iracunda y a la vez serena dijo entre otras cosas que esa actitud era vergonzoza, que parecía mentira que apenas si habían comenzado la reunión y ya querían marcharse, que lo que allí se iba a discutir era de enorme importancia para todos y que si estaban reunidos era precisamente porque había diferentes opiniones y tenían que llegar a un acuerdo.

Volvió a establecerse la calma y se le dio la palabra a la serpiente que parecía estar muy preocupada por el discurso de la paloma torcaza.

XXIV

—Seré breve— dijo la serpiente, pues no creo que sea necesario contarles a ustedes todas las calamidades que he padecido como animal de zoológico —la escala más baja a que se puede descender— y luego como objeto morboso de una persona mentalmente enferma como era el caso de la señorita Avilés... Queridos amigos, creo que lo único que podemos poner entre el hombre y nosotros es distancia, la mayor distancia posible. Si he aceptado que el portero, casi presida esta asamblea es porque mi alta percepción —o mi adrenalina, como ustedes prefieran— me dice que él es un ser distinto al resto de los hombres conocidos. Precisamente como él es un ser completamente diferente al resto de la llamada "humanidad" (y por cierto que me sé de memoria muchos de sus discursos pronunciados en voz alta en casa de la difunta) estoy segura de que estará completamente de acuerdo con mi parecer. Pues yo, al igual que el portero, me he dedicado a observar a los hombres desde un cristal. Primero, en la jaula del zoológico, luego dentro de aquella especie de pecera en la cual me sacaba a pasear Mary Avilés. Así, mientras *ellos* me miraban o no, yo los estudiaba hasta conocerlos mucho mejor de lo que *ellos* me conocen a mí, de quien sólo saben decir sandeces... Señores, el único modo de que el hombre se sienta completamente satisfecho es viendo al resto del mundo, y al resto de *ellos* mismos, metido en una jaula. Para *él* todo lo que los demás seres hacen es un burdo remedo de sus acciones, y se complace pensando que todas las criaturas están bajo su control; puede ser absolutamente cruel y aniquilarnos, o puede tomar actitudes sentimentaloides o prácticas y salvarnos. Pero haga lo que haga lo hará siempre por su conveniencia. Así pues de lo que se trata no es de que yo viva en una jaula, sino de que todos estamos en ella. ¿Y quién es el culpable sino esa criatura vil de cambiante y belicoso humor, enfatuada hasta creerse dueña del mundo al que ha convertido en un zoológico para su uso particular? Debemos obligar al hombre a que se retire a espacios reducidos o que se resigne a perecer, lo cual, aquí entre nosotros, sería lo mejor que podría ocurrir. ¿Se han puesto ustedes a pensar lo pacífica y feliz que sería nuestra vida si el hombre desapareciese?...

¿Cómo lograr su desaparición o por lo menos su confinamiento? A través del odio y de la guerra. No hay otra solución. Nuestra raza, la raza de las serpientes, se prepara para esa guerra. El hombre sabe de nuestra astucia y de nuestros propósitos, por eso a través de los tiempos no ha hecho más que difamarnos. No hay una leyenda o fábula moral donde nosotras no aparezcamos vistas desde un ángulo siniestro, empezando desde luego por la *Biblia* que es la máxima patraña inventada por el hombre. Sin embargo, la realidad es absolutamente diferente a como *él* la pinta en sus necias escrituras. Nosotros, específicamente, formamos una familia noble, a tal punto que antes de atacar nos hacemos anunciar con nuestros cascabeles, y aún sin tener intenciones de atacar anunciamos nuestra presencia para que nadie se alarme. ¿De qué nos ha servido tanta honestidad? Siglos, milenios de persecución es lo que hemos obtenido. Por lo tanto, yo propongo a esta asamblea que debemos obligar al hombre a que se marche a parajes lejanos, estrictos y custodiados por nosotros. Yo, y mi estirpe toda, nos ofrecemos para la tarea de la expulsión. Imaginad a millones de serpientes de cascabel haciendo sonar por todas las ciudades sus tintineos al son de los cuales los hombres correrían hacia donde nosotras les ordenásemos... Esa es mi opinión que, segura estoy de ello, es también la de nuestro portero.

De esta manera concluyó su discurso la serpiente de cascabel. Al punto, Juan quiso intervenir pidiéndole la venia a Cleopatra que, obviamente, presidía la asamblea. Pero en ese instante, la rata, haciendo uso de su turno, se precipitó hacia el centro del sótano.

XXV

La rata comenzó de la manera siguiente:

—Mi ponencia, o como quieran llamarla, no habrá de ser larga. Soy una persona práctica y no me gusta perder el tiempo. Vean, no llevo adornos, como esa cola incongruente que ostenta la ardilla; mucho menos, plumas de colores como la cotorra; menos aún los, estúpidos cascabeles de la serpiente ni su tan cacareada *adrenalina* — aquí la rata, subrayando esta palabra dejó escapar una sonrisita irónica, y alzando la voz por encima de los manifiestos gestos de protestas por parte de los animales mencionados siguió hablando: Llevo lo necesario: ¡Dientes para roer! Y con estos dientes estoy dispuesta a secundar en gran parte a la serpiente siempre y cuando se desprenda de sus cascabeles que delatarían nuestros propósitos... ¡Basta ya de trampas y de quesos envenenados que durante tanto tiempo nos han hecho, literalmente, la vida imposible. De ahora en adelante las condiciones las impondremos nosotros y serán estas: El hombre vivirá en las ciudades que nosotros le indiquemos y allí trabajará y producirá todo tipo de inmundicias y alimentos que nosotros necesitamos. Una vez roídos por nosotros esos alimentos le lanzaremos las sobras para que conserve la supervivencia. Nos repartiremos el mundo, por algo las ratas somos cosmopolitas, como el portero que vive lo mismo en el frío que en el calor. El es indiscutiblemente uno de nuestros mejores aliados y ha sido un gran acierto al haberlo invitado a esta asamblea.

El, la serpiente y yo, creo que somos los encargados de realizar esta fundamental tarea. Aunque en relación con la serpiente discrepo en eso de vivir lejos de los humanos. No, los controlaremos y viviremos a sus expensas, royendo sin cesar... Un odio tan voraz como nuestro apetito mantendrá siempre afilados nuestros dientes.

Como una manifiesta demostración de sus dotes como roedor la rata terminó su discurso haciendo rechinar varias veces sus dientes a la vez que daba enfurecidos saltos en medio de la asamblea.

Nuestro portero volvió a levantar la mano con intención de hacer algunas observaciones, seguramente discrepantes en relación con el discurso de la rata. Pero ya Cleopatra le cedía el turno a la jicotea.

XXVI

Lentamente la jicotea avanzó hasta el centro del grupo unida a su compañero, y en nombre de éste y de toda la familia de las jicoteas, mientras sus ojos acuosos y parpadeantes se situaban en un punto indefinido, dijo lo siguiente:

—Vivir para el odio es vivir al servicio de nuestro enemigo. Tener un enemigo es ser ya sólo la mitad de nosotros mismos, la otra parte la ocupa siempre el enemigo. Cuando se vive bajo el afán de destruir o bajo el miedo de ser destruido no se vive, se agoniza a largo plazo. Comparad el rostro de la señora rata, siempre sobresaltado, con la digna quietud de mis rasgos, y juzgad. Analizad también los peligros que padece este animal y lo breve y azaroso de su vida comparada con la serenidad y la longevidad de la nuestra. En ese sentido creo que no es necesario seguir argumentando. Sin duda casi todos ustedes, incluyendo en primer lugar al portero, optarán por mi filosofía, que no es más, pero tampoco es menos, que la búsqueda del silencio, la calma y el olvido. Fíjense que no estoy hablando de perdón, hablo de olvido. Perdonar implica recordar y hasta cierto punto pactar con alguien que hemos detestado o hemos amado y nos ha herido. Eludamos esas trampas que los mismos hombres nos quieren imponer y busquemos el sitio donde, al margen de tantas calamidades, podamos ser nosotros mismos. Vámonos para un lugar donde podamos vivir nuestra propia vida en lugar de ser un proyecto dependiente, por una razón u otra, del hombre. La única forma de poder eludir las razones de los humanos es ignorándolas. Aún tienen que haber sitios donde se pueda vivir ignorando esas razones. Mis centenarios instintos me dicen incluso el rumbo que debemos tomar —aquí la tortuga estiró el cuello, señalando aparentemente para un rincón del sótano—. Hacia donde iremos será a un sitio donde haya agua y tierra. Las razones son obvias: Todos los seres somos anfibios aunque algunas especies hayan sufrido serios atrofiamientos. Y no sólo somos anfibios físicamente, sino también espiritualmente. Nadie soporta un solo elemento y aquellos que pueden vivir en todos son sin duda los más dichosos. Tomemos por ejemplo, aunque sea sólo por una vez, el caso del hombre, criatura, desde luego, atrofiada. ¿A pesar de vivir en la tierra no intenta siempre marchar hacia el agua? ¿Por una razón que ellos no se pueden explicar (pero nosotros sí) no se las arreglan siempre para partir en extrañas procesiones hasta el mismo borde del mar? Observen como todos ellos se detienen en la línea en que comienzan las aguas y allí se quedan como embelesados... ¿Qué miran? ¿Qué buscan? ¿Por qué esa necesidad de marchar siempre desde lo más remoto de la tierra hacia el encuentro con las aguas? Ellos no lo saben, pero se buscan a ellos mismos. Buscan la otra parte que les corresponde, y que por cobardía o por miseria perdieron, y que pertenecía a las aguas. En esas aguas, en todas las aguas, esperan ver reflejada su imagen real. Imagen que hace miles de años fue mutilada. En esa posición, ensimismados junto a la costa, los podemos encontrar donde quiera. ¿Añorando qué? Lo que ellos mismos fueron. Algunos, muchos a veces, no pueden resistir más y se sumergen, pero sus pobres y mutilados órganos ya no responden como ellos quisieran, y perecen. Los más cobardes, los que no se atreven a lanzarse, los llaman *suicidas*... No les temamos, ni los odiemos. Olvidémoslos. En realidad más bien deben inspirarnos lástima. Compadecerlos tal vez no sea una mala idea, pero desde lejos. Después de todo, una vez que estemos en las vastas extensiones acuáticas, ellos no podrían aunque quisieran (y seguramente querrán) aniquilarnos. ¿Podrían aunque quisieran secar el mar? ¿Podrían prescindir del agua y de la tierra? ¿No comprenden ustedes que nosotros somos mucho más aptos para habitar este mundo que el hombre? En el caso específico de mi familia, de mi gloriosa estirpe, miles de años de supervivencia así lo demuestran. De manera que nuestro ejemplo, y por ende mi planteamiento —retiro, silencio, calma y olvido— no puede ser eludido.

XXVII

—¡Cierto! ¡Cierto! –dijo el pez a quien le tocaba ahora hablar, y volvió a zambullirse en la pecera para tomar aliento–. Cierto –dijo emergiendo–: el agua es el elemento fundamental, por algo la naturaleza ha determinado que este planeta en que habitamos sea un mundo conformado por las aguas —aquí el pez se zambulló un instante— y no por las tierras que ocupan un ínfimo lugar en el espacio en proporción con los mares, lagos y ríos —zambullida y emersión del pez—. De manera que yo propongo además que el nombre de este planeta debe ajustarse a la materia fundamental que lo conforma, agua. ¡Agua! —se zambulló y emergió— ¡Nada de Planeta Tierra! Planeta Agua es como ciertamente debemos desde ahora mismo comenzar a llamarlo. Y así es por cierto como desde siempre lo llaman todos mis familiares que, entre paréntesis, integran la colectividad más populosa del globo —inmersión y emersión del disertante—. Mi condición de pez y por lo tanto el amplio conocimiento...

—Creo que en lugar de *pez* deberías llamarte *pescado* pues aunque no hayas mordido el anzuelo, *pescado estás* —interrumpió la gata de Brenda Hill sin darle tiempo a Cleopatra a silenciarla.

—Si por el hecho de estar momentáneamente prisionero se me tuviese que llamar *pescado* –argumentó entre burbujas el pez–, tú que desde siempre no has conocido más que el cautiverio no deberías llamarte gata sino "gatada" o algo por el estilo –y con una mirada de indiferencia hacia la gata se sumergió en la pecera, apareciendo de inmediato y continuando su discurso–: Sí, mi condición de pez, y por lo mismo mi experiencia como uno de los seres que domina la mayor extensión habitable del mundo, me hace llegar a la conclusión de que es el agua (y no la tierra y el agua a la vez, como propone la tortuga) el sitio que todos debemos habitar, pues si nadar en dos aguas es en sí ya algo difícil, más difícil sería vivir en dos elementos contrarios. Por otra parte, viviendo en esa suerte de intermitentes chapuzones y saltos a tierra nunca echaremos raíces familiares y sociales, estando en el agua añoraremos la tierra y una vez en tierra querríamos volver al agua. De esa forma siempre seríamos presa del desasosiego y la inconstancia, además de víctimas propicias de múltiples enemigos. Por otro lado, si la mayor extensión del mundo es abarcada por las aguas, ¿por qué empeñarse en habitar espacios reducidos y asfixiantes? –A estas alturas el pez, que realmente se asfixiaba se sumergió, tomó aire y continuó su exposición–: En ese sentido estoy seguro de que el portero es uno de mis aliados. Cuando me sacan de paseo o cuando él visita el apartamento del señor Lockpez, yo lo observo desde mi pecera. El portero siempre mira por los cristales de las puertas o las ventanas buscando la amplitud de los espacios marinos. El mismo cielo, al que tanto él contempla y escudriña, ¿acaso no es por su color y por su vastedad un reflejo y un espejo del mar? –Larga emersión del pez que volvió con la siguiente tesis–: Nuestro portero es un pobre pez que al igual que yo se asfixia en este lugar. Mírenlo, cuando puedan, detrás de los cristales del lobby, encerrado en su pecera, buscando desesperadamente el contacto con las aguas abiertas –aquí el pez nadó a lo largo de la exigua pecera—. En realidad el portero y yo somos casi una misma persona, o mejor dicho un mismo pez. Cada uno revolviéndose desesperado en su pecera, pero siempre atisbando y aguardando. Cada pulgada de la gran puerta de cristal del lobby es tan conocida por los ojos del portero como lo es para mí cada milímetro de esta pecera. Y sin embargo, no cesamos de mirar por esos cristales, esperando que un día algo (¡Las verdaderas aguas! ¡La gran inundación! ¡El diluvio mismo!) llegue hasta nosotros y nos libere... —aquí el pez que hasta ahora había hablado se sumergió y el otro pez dorado continuó el discurso—: No voy a negar que el portero y yo no hayamos sufrido crisis depresivas, casi todos los días las sufrimos. Cuántas veces no he pensado, en mi desesperado encierro, saltar desde la pecera hasta el tragante del fregadero o hasta la taza del inodoro y correr por entre las cañerías hasta llegar al mar abierto... ¿Locuras? Tal vez. Pero el portero sabe de los esfuerzos que he tenido que hacer para no cometerlas, al igual que yo sé cómo él ha tenido a veces que contenerse para no lanzarse por los túneles del subway o por cualquier otro callejón sin salida... Cuando lo veo agitándose dentro de los cristales, buscando, como yo, el oxígeno que estos espacios no nos brindan sino que nos roban, hasta cierto punto me consuelo: *No estoy solo, no estoy solo, me digo, él está conmigo pues padece lo mismo que yo. Algún día hablaremos y juntos encontraremos la salida...* Y ya ven –prosiguió el primer pez en tanto que su colega baja a restablecerse en el fondo de la pecera–. Ya ven, aquí estamos al fin juntos, él sosteniéndome entre sus manos que pronto serán aletas, y todos aquí reunidos para llegar a una solución, a una salvación, que no puede ser sino marina.

El discurso del pez terminó en medio de una protesta unánime, pues en verdad sólo el otro pez estaba allí de acuerdo con eso de irse a vivir definitivamente al fondo del mar. Hasta la misma paloma doméstica, que no tenía voz en la asamblea pues estaba representada por la paloma torcaza (como las lagartijas lo estaban por la serpiente), revoloteando sobre el conglomerado manifestó que si el lugar que debían elegir para irse a vivir estaba determinado por su dimensión física, entonces lo más lógico era acogerse al postulado de los pájaros ¿pues acaso —interrogó la paloma sin dejar de volar— hay espacio más dilatado que el aire, es decir que el mismo infinito?

Pero a un gesto regio de Cleopatra, la paloma volvió a su sitio (sobre la cabeza del oso), y prosiguió la asamblea, tomando la palabra el viejo perro del señor Roy Friedman.

XXVIII

Echándose a los pies del portero y mirando a toda la asamblea, el perro habló de esta manera:

—Con verdadera pena he escuchado pacientemente los diversos planteamientos propuestos hasta ahora en esta reunión. Hasta el momento las conclusiones, a mi modo de ver, parecen ser las mismas. Todos los que han hablado desean alejarse del hombre o al menos vivir de una manera independiente del mismo, e incluso, si es posible, servirse de él como de un esclavo. Y casi todos han contado los atropellos padecidos y las calamidades sufridas por causa del hombre. Yo creo que no estaría fuera de lugar que mis familiares aquí presentes enumeraran también sus problemas. Empezando por mí mismo, ya me pueden ver ustedes, viejo, con incesantes trastornos estomacales y con los dientes cariados y amarillentos a consecuencia de los caramelos que el señor Roy Friedman me suministra sin cesar. Pero yo al menos conservo algunos dientes, aunque estén hechos una lástima, el caso de mis hermanas que habitan por ejemplo el apartamento de Joseph Rozeman es aún más triste pues todos sus dientes fueron reducidos y cubiertos con prótesis fijas, de manera que con estas largas piezas artificiales, que apenas si les permiten cerrar sus labios, mis hermanas ni siquiera pueden poner cara seria ante su desgracia, sino, todo lo contrario, han de estar sonriendo incesantemente...

113

—Yo también tengo una prótesis fija —interrumpió el oso— y aunque es una gran calamidad no sonrío.

—Porque usted tiene unos belfos inmensos que le cubren cualquier cosa —sentenció el perro—. Además, ahora estoy hablando de nuestros problemas, no del suyo que expondrá en el momento indicado... Como les seguía diciendo, todos nosotros sufrimos alguna calamidad impuesta de forma más o menos caprichosa, más o menos despiadada, por el hombre. No puedo por ejemplo, dejar de mencionar el triste caso de nuestras cinco perritas chihuahuas, condenadas a bailar incesantemente gracias a los caprichos del hijo del encargado... En fin, los sufrimientos que el hombre nos ha asignado son numerosos ¿Pero por ello vamos a negar el cariño que también nos ha mostrado? Sé, desde luego, que en el caso específico de nosotros, criaturas superinteligentes y superdotadas, ese cariño es más manifiesto que ante otras especies. Pero de todos modos tenemos que llegar a una conclusión evidente: Lejos del hombre no somos nada. Abandonarlo es imposible. Hacer que perezca, cosa por lo demás absurda, sería también perecer nosotros... Es probable que ustedes ignoren, lo cual es muy lógico (a no ser en el caso del señor ratón o del señor conejo quienes por alojarse entre los periódicos de los Oscares Times pudieran ser criaturas ilustradas), es posible que ustedes desconozcan, prosigo, lo que está ocurriendo con algunas familias que durante todas sus generaciones anteriores habían vivido completamente retiradas del hombre. Pues bien, aunque les parezca increíble, están ahora tratando de acercarse a los humanos. No sé si ustedes han notado que el mirlo que siempre ha habitado en el bosque ha decidido trasladarse a la ciudad. Y algo al parecer aún más insólito, la misma ballena, que por huir del hombre habita entre los hielos, se ha acercado últimamente a los marineros y en un lenguaje que para ellos no es más que un gemido ha intentado congratularse con sus encarnizados perseguidores...

¿Acaso somos nosotros más fuertes que la ballena o más veloces que el mirlo para andarnos con tantas ínfulas y comportarnos con tanta soberbia y sobre todo para pensar que podríamos vivir alejados de los seres humanos? Yo en lugar de una separación lo que propongo es todo lo contrario. Propongo un acercamiento y por lo mismo un pacto, pacto que, como todo pacto, ha de ser amistoso. El hombre no es ni mejor ni peor que nosotros pero puede ser peor porque es más poderoso y puede ser mejor porque es más inteligente... Comprensión, obediencia, cariño, sin olvidar que él es más fuerte que nosotros y que de nuestra conducta depende nuestra propia supervivencia.

No sabemos exactamente si el perro pensaba concluir así su intervención, pero las protestas del pez, de la rata, del oso, de la jicotea, de la serpiente y, sobre todo, el maullido enfurecido de la gata de Brenda Hill dejaron el discurso tal como lo reproducimos. Aunque hay que reconocer que las chihuahuas, contoneándose, apoyaron al perro del señor Lockpez. De todos modos, Cleopatra no tomó partido y, tal vez para contener las iras de la gata —que a todo trance pretendía arañar al perro— le cedió a ésta la palabra.

XXIX

—El señor perro –comenzó diciendo la gata– se las da de muy culto, y desde luego, nosotros para él somos unos energúmenos. Sin embargo, un ser tan culto como el perro parece que no ha leído el libro más manoseado a través de los tiempos por su amo. Me refiero a la Biblia. Pues bien, en El Apocalipsis podemos leer lo siguiente, y cito textualmente: "Afuera los perros y los asesinos". Esto es, afuera los perros y los hombres, pues, que yo sepa, el término *asesino* es sólo atributo de los hombres. De manera que si nos regimos por la obra del hombre que bien podríamos llamar *canónica*, la obra supuestamente escrita por un hombre superior que se hizo llamar Dios, tenemos que ese mismo hombre superior o Dios, tal vez precisamente por serlo, llega a la conclusión de que a los hombres y a los perros hay que desterrarlos, hay que dejarlos fuera del mundo. Así que, obedeciendo a los postulados que la mismísima Biblia propugna, tenemos que proceder de inmediato a expulsar de esta asamblea tanto al hombre como al perro.

Y diciendo estas palabras, la gata se lanzó con tal violencia sobre el perro del señor Friedman que sólo las interferencias del oso, del mono y de la misma Cleopatra pudieron impedir una catástrofe. Viendo que era prácticamente imposible atacar al perro, la gata saltó sobre el pecho del portero y aprovechando que éste no podía protegerse (pues sostenía la pecera) le desgarró el uniforme y parte del rostro. Sólo las patas prensoras de las cotorras de John Lockpez y los hábiles saltos del mono lograron impedir que el portero sufriese graves heridas.

Aprisionada entre las cotorras y el mono, y bajo la austera mirada de Cleopatra, la gata se fue serenando, aunque no pudo evitar un maullido de furia cuando el perro, en calidad de agraviado, pidió la palabra y agregó lo siguiente:

—Lo que ha dicho la señora gata no es más que uno de sus tantos desatinos. ¿Cómo puede el hombre ir contra sí mismo y expulsarse a él y a su mejor amigo a la vez? Si la Biblia separa a los perros y a los hombres no es con ideas retorcidas o discriminatorias, sino por cuestión de élite. Pues la unción de Dios con el perro es evidente. A tal punto es así que el mismo Dios, que naturalmente creó la lengua inglesa (como todo lo demás) hizo por una señal divina que su mismo nombre en inglés leído al revés fuese el del perro. De manera que si leemos Dios (God) a la inversa tendremos perro (dog) y si leemos *perro* tendremos *Dios*. Revelación que parece indicar que *Dios* y *perro* son una misma cosa... En realidad es fácil llegar a la conclusión de que el perro es Dios que se ha disfrazado de perro para estar siempre junto al hombre. Y así, de incógnito y con la mayor humildad, protegerlo.

En medio de aquel clima de tensión y antes de que otros animales se abalanzasen sobre el perro, Cleopatra le dio la palabra a la ardilla.

XXX

La ardilla, aunque en lenguaje humano habló tan rápidamente que sólo gracias a las notas redactadas luego por nuestro portero pudimos saber exactamente lo que el animal dijo. Primero que nada, le reprochaba al perro su espíritu de sumisión, y dijo que si la ballena o el mirlo habían tenido algún motivo para acercarse al hombre, había que investigar cuáles eran esos motivos; pues si bien es cierto que podían haberse acercado al hombre en atención a la superioridad del mismo, también podía haber sido por lo contrario; es decir por un problema de debilidad suicida captada en los humanos y que ellos, los animales, por un ancestral sentimiento de vitalidad querían reparar... En el caso específico de la ballena era aventurar demasiado, aseveró la ardilla, que la misma se considerase más débil que el hombre, pues aún ella, la ardilla, a pesar de su tamaño minúsculo en comparación con la ballena, se consideraba mil veces más ágil que el hombre. Y para demostrarlo comenzó a saltar a gran velocidad por sobre las cabezas de los demás miembros de la asamblea. Por último se prendió por la cola de un cable eléctrico que atravesaba el salón y, siempre para probar su agilidad, prosiguió en aquella posición colgante su discurso, en el cual aseguró que todos los animales debían mantener una actitud independiente del hombre aún cuando no fuese necesario declararle la guerra abierta, lo que sería además de costoso peligrosísimo. Es más, llegó a decir siempre balanceándose por la cola y mirando con sus grandes y saltones ojos a toda la audiencia que con los pescuezos estirados la escuchaba, "yo propondría que mantuviéramos con el hombre, relaciones diplomáticas, siempre y cuando no afectaran nuestra libertad". Y aquí tal vez, para demostrar lo que ella entendía por libertad, la ardilla se desprendió del cable y voló por lo aires posándose sobre un tubo de la calefacción en el extremo opuesto del sótano. Hacia allá se trasladó toda la comitiva para escuchar a la ardilla, pero como el tubo estaba prácticamente al rojo vivo, la ardilla soltando un chillido brincó posándose sobre un viejo motor en desuso. Hacia allá también se trasladó la comitiva, rodeando al animal quien siguó diciendo que si bien la sumisión incondicional del perro era abominable, también estimaba que lo era la soberbia de la gata y su actitud de absoluta intolerancia hacia el hombre. "Intolerancia que es más bien nominal que práctica", sentenció, inspeccionando a la gata, "pues en definitiva aunque se diga que el gato cierra los ojos para no ver cuando el hombre lo alimenta, lo cierto es que recibe ese alimento y vive bajo el mismo techo que el hombre. Después de todo, el animal que más se asemeja al gato es el perro. Y en el caso específico de este gatuno ejemplar, de esta gata que habita en el apartamento de Brenda Hill, su sumisión para con su ama es aborrecible. Mírenla —y aquí la ardilla, parada en dos patas abarcó a toda la asamblea y señaló hacia la gata—, ahí la tienen llena de cintas y lazos que la misma señora Hill le coloca. ¿Por qué si supuestamente aborrece tanto al ser humano se deja manosear y envilecer tanto por él? A lo mejor hasta tiene perfumado el trasero... Y quisiera que ustedes me dijeran, ¿cuándo han visto a una ardilla con cintas de colores y collares guindándoles del cuello? Eso, desde luego, es asunto de gatos y perros... En cuanto a las teorías tanto de la gata como del perro sobre las supuestas relaciones de Dios con todo lo que aquí se discute, me parecen verdaderamente descabelladas y fuera de lugar. Primero, porque no es de teología de lo que aquí tratamos, sino de una solución práctica a nuestra vida material; segundo, porque la Biblia, que yo también he

117

leído a saltos, desde luego, es un artículo producido por el hombre y por lo tanto no tenemos porqué incluirla entre nuestros credos y normas; y tercero, porque si bien Dios en la lengua inglesa significa *perro* al revés, no fue la lengua inglesa la que utilizaron los redactores de la Biblia ni la que hablaba el Dios de dicho libro. Estoy pues, como está el portero (pues yo desde los árboles lo he observado durante meses), porque mantengamos nuestra libertad a la vez que una cierta relación amistosa con los humanos. No hay porqué someterse a ellos, como suplica el perro, como tampoco hay que arañarles furibundamente el rostro como ha hecho la gata, igual de histérica que su patrona. Creo que podemos observar pacíficamente al hombre desde las altas copas de los árboles mientras roemos una buena semilla. Claro, algunos miembros lejanos de mi familia no tienen la habilidad que tenemos nosotras, las ardillas, para remontarnos a gran altura y mirar las cosas desde una posición elevada. Me refiero, desde luego, a la pobre rata que tiene que conformarse con lo que el hombre tira"...

Al decir esto la ardilla, la rata soltó un chillido de protesta, y sin pedirle permiso a Cleopatra, gritó que quién había dicho que ella, la rata, no podía remontarse a la altura que le viniera en gana. Luego, irguiéndose sobre sus patas traseras y con la cabeza dirigida hacia la ardilla le dijo:

—Tú misma no eres más que una rata con la cola desproporcionada y los ojos saltones. En realidad no eres más que una rata que se las da de mono y por eso andas por ahí saltando de rama en rama...

Esta última afirmación volvió a picar al mono quien entre serio y burlón se plantó ante la rata. Pero en el momento en que iba a rispostar, su sexto sentido, o su olfato, percibió que alguien ajeno a la asamblea se acercaba, noticia que comunicó de inmediato.

—Son un hombre y una mujer y están sólo a treinta y cinco metros de distancia— dijo con absoluta seguridad la serpiente, por lo que Cleopatra, que ya también había confirmado la noticia, disolvió la asamblea posponiéndola para el siguiente día a las seis de la tarde, que era cuando el portero tenía su hora libre.

La perra egipcia les rogó a todos que se retirasen tranquilamente por la puerta que da al patio interior. Pero el anuncio de que dos personas se aproximaban al sótano desató un sentimiento de pánico entre los animales. Todos temían verse castigados y algunos, como la serpiente y la rata, aniquilados. De manera que a pesar de las orientaciones de Cleopatra, lo que reinó en el sótano fue el caos. El mismo oso, que apenas cabía por la puerta del jardín, fue uno de los primeros en querer escapar. Pensaba que aquella mujer que se acercaba era sin duda Casandra Levinson, quien le castigaría con penas que él sólo conocía. El mono, que ilegalmente habitaba una buhardilla deshabitada en el Pent House de los Warrem, chillaba de miedo, temiendo perder su alojamiento y ser además enviado a algún zoológico. Las cinco perras chihuahuas gemían ajustándose los radios portátiles, en tanto que las cotorras sobrevolando por encima de todos los demás animales hacían un escándalo realmente lamentable. Ni qué decir de las tortugas: cuando el encargado, acompañado por Brenda Hill irrumpió en el sótano, aún no habían avanzado ni dos metros... Al ver a Brenda Hill, la gata, temiendo por su vida, lanzó un maullido desolador y, aunque parezca insólito, fue a esconderse a los pies del portero quien, sin saber qué hacer, sostenía la pecera.

De modo que, súbitamente Juan se halló con la gata de Brenda Hill entre los pies y la pecera con los dos peces dorados del señor Lockpez entre las manos. Como si todo aquello fuera poco, las dos jicoteas circulaban desesperadas a su alrededor, en tanto que los otros animales escapaban como podían.

XXXI

—¡Qué le ha hecho usted a mi pobre gatica! —le gritó al portero Brenda Hill.

Por lo que la gata, al oírse tratar de "gatica" por quien ella ya consideraba su victimaria, emitió unos gemidos aún más lastimeros y huyendo de los pies del portero se restregó contra los tobillos de su ama.

Brenda Hill tomó a la gata como si tomara a un hijo milagrosamente escapado de las ruedas de un tren en marcha, y mirando al portero como si él fuese ese tren asesino le dijo:

—¿Con qué derecho se ha atrevido usted a traer a mi gata a este sitio? ¿Qué estaba haciendo con ella?

—Señora, habló entonces el encargado, se trata de un robo. Este señor no solamente entró a su apartamento y se apoderó de su gata, sino que también robó los peces y las jicoteas del señor John Lockpez.

—Eso no es cierto —dijo Juan, y ya iba a argumentar que él había encontrado a los animales en el jardín y los había encerrado en el sótano para ir a avisarles a sus dueños. ¿Pero cómo explicar la fuga de los peces? ¿Acaso podían haberse escapado con pecera y todo? Por otro lado, si hubiera dicho la verdad, lo cual no iba a hacer, además de traicionar a sus nuevos amigos y en primer lugar a la misma Cleopatra, nadie le hubiese creído, y lo hubiesen tomado por un ladrón, además de desvergonzado, delirante. Había que aceptar lo más grave y evidente de la realidad: en sus manos estaba la pecera con los dos peces dorados del señor Lockpez. La única explicación lógica a este hecho la daba (y con júbilo) el super: Nuestro portero había entrado al apartamento del señor John Lockpez y al de Brenda Hill y se había robado los animales. *Robo con fuerza*, y ya se veía declarando ante el jurado: ahora comprendía el porqué de otros objetos de valor misteriosamente desaparecidos del edificio. Y comenzó a enumerar mentalmente algunas cosas que él mismo se había robado y que podía cargárselas al portero: tres escobas plásticas, seis galones de salfumán, un bidón de aceite, varias docenas de bombillos... El encargado lamentaba no traer consigo las esposas para casos de arresto que sin autorización legal, por cierto, tenía en su casa.

—Llamaré a la policía inmediatamente —le dijo a Brenda Hill que marchaba delante; y volviéndose hacia el portero le aconsejó que no intentara escaparse pues sería aún peor para él.

El encargado pensaba encerrar a Juan en el closet del lobby hasta que llegara la patrulla.

—Menos mal que supiste defenderte— le hablaba cariñosamente Brenda Hill a su gata mientras le ajustaba los lazos.

Y con orgullo contempló los arañazos que la gata le había propinado al portero.

—Ella fue la que dio la voz de alarma —aseguró el encargado— gracias a sus maullidos pude dar con el ladrón.

Formando una solemne caravana los tres subieron las escaleras y arribaron al lobby. Brenda Hill con su gata, el portero con su pecera y el encargado con las dos jicoteas.

—Espero que no me la haya violado —se lamentó la señora Hill.

—¿A quién? —interrogó el encargado algo confuso.

—A la gata. Este tipo de gente es capaz de cualquier cosa.

—Cierto, señora —aprobó el encargado mientras encerraba al portero en el closet.

—¡Usted debería levantar una causa por bestialismo!— irrumpió la señora Pietri quien, ya enterada del escándalo, se disponía a informar a todo el edificio.

—Y eso de la violación también debe usted decírselo a la policía —le aconsejó el encargado a Brenda Hill.

—Llámeme en cuanto llegue —respondió ella y con aire ofendido tomó el ascensor.

Por largo rato el encargado intentó comunicarse con la estación de policía más cercana, pero nadie respondía al teléfono; llamó a otra estación, pero allí el teléfono sonaba siempre ocupado. Ahora, ya desesperado, el encargado trataba de comunicarse con el número general para casos de urgencia en la ciudad de Nueva York.

El señor Pietri acababa al fin de comunicarse con la policía cuando la puerta del ascensor se abrió y por ella salieron Cleopatra y el señor Stephen Warrem, quien gracias a la eficacia informativa de la señora Pietri ya estaba informado de lo ocurrido, al igual que todos los inquilinos del edificio.

Con un gesto el señor Warrem le ordenó al encargado que colgase el teléfono.

—Se trata de un robo— dijo el encargado.

—No lo sabemos —respondió Mr. Warrem.

—¿Entonces cómo se las arregló el portero para apoderarse de la jicotea y los peces del señor Lockpez y de la gata de la señora Brenda Hill?.

—No lo sabemos— fue también la respuesta del señor Warrem.

—La policía se encargará de averiguarlo —insistió el encargado.

—En su momento oportuno tal vez haga algo —respondió el señor Warrem—. Ahora, escúcheme usted un momento: el señor Lockpez vive en el piso veinticinco. El ha estado toda la mañana en el apartamento y la puerta del pasillo ha permanecido cerrada por dentro, lo cual me lo acaba de decir, pues vengo de su apartamento. Allí hay sólo una ventana abierta que da al vacío. Por esa ventana, a la altura de un piso veinticinco tiene que haber saltado el portero con una pecera llena de agua en una mano y con dos jicoteas vivas en la otra. ¿En verdad cree usted que él haya realizado esa hazaña?

—El caso es que las jicoteas y los peces estaban en su poder.

—Estaban en el sótano, que usted como encargado debe vigilar mejor... Otros vecinos se quejan de que sus animales también se habían escapado y acaban de regresar. A mí mismo me acaba de ocurrir un caso insólito: Cleopatra entró y salió por su cuenta de la

121

casa, pero las cámaras de vigilancia no reflejan que alguna persona haya ni siquiera intentado acercarse por aquellos alrededores.

—Un perro, señor, puede entrar y salir con cierta facilidad de una casa, pero no unos peces dentro de una pecera.

—Cierto, respondió casi paternalmente el señor Warrem—, pero el problema como usted puede ver es más complejo y en caso de que intervenga directamente la policía, en vez de resolverlo lo que haría sería impedirlo. Mire, momentáneamente, deje que yo y mis amigos nos encarguemos de este asunto. Y no se preocupe, que el portero no se nos va a escapar.

—Seguro que no, si lo tengo encerrado.

—Suéltelo. Y ya le dije, deje este asunto en mis manos y en las de mis amigos. Ah, y por favor, no haga nada sin consultármelo.

Y cuando el señor Warrem se marchaba, con un gesto que de tan natural fue casi imperceptible, le dio al encargado un billete de cien dólares.

XXXII

El encargado se vio pues compelido a liberar al portero; y aunque, desde luego, no podía llamar a las autoridades hasta recibir la orden del señor Warrem, quien (la señora Pietri lo sabia) mantenía estrechas relaciones con el jefe de la policía neoyorquina, sí al menos podía desatar una campaña general contra el portero entre todos los inquilinos, de manera que por consenso unánime el mismo fuese al menos expulsado definitivamente de su cargo, aún cuando el señor Warrem, por razones que el super no comprendía, se opusiese.

Por cierto, consideramos necesario consignar en este documento esas razones que el encargado no comprendía sencillamente porque las desconocía.

Los especialistas que el señor Warrem había contratado para que investigaran el porqué de la extraña relación de Cleopatra con el portero aún no habían llegado a ninguna conclusión satisfactoria, por lo que a toda costa insistían en que, para poder proseguir con las investigaciones, el portero no fuese molestado. En relación con Cleopatra, un obstáculo casi insalvable les impedía estrechar vigilancia, y era el sutil olfato de esta perra. Pero enterados ya de que el animal había sostenido dos misteriosos encuentros con el portero en el sótano, decidieron poblar el recinto con un equipo supersensible e invisible de grabadoras y cámaras de video que trasmitirían cualquier onda sonora e imagen hasta la cabina central, situada desde luego, en las oficinas estratégicas del señor Warrem y donde ni la misma Cleopatra tenía acceso. De manera que nadie en la casa de los Warrem se dio por enterado de las escapadas de Cleopatra. Y nuestro portero, como siempre, ocupó aquella tarde, su sitio junto a la gran puerta de cristal.

Consideramos casi innecesario consignar aquí las preocupaciones que abrumaban a nuestro portero.

Ahora pensaba o se decía a sí mismo en voz alta, no sólo dependía de él la salvación de todas las personas que habitaban el edificio, sino también la salvación de los animales. El hecho de haber sido convocado por la misma Cleopatra a participar en la asamblea, indicaba (ya se había hablado de ello) que al final habría que llegar a un acuerdo y el mismo tenía que ser vetado o aprobado por él, el portero... Es más, él, el portero, tendría que luego que los otros animales terminasen de hablar (y ya sólo faltaban cuatro ponentes), pronunciar un discurso; un nuevo discurso salvador al que no estaba realmente acostumbrado pues no estaría dirigido a los seres humanos. *Pero tampoco puedo olvidar a esos seres humanos de los cuales formo parte,* se decía y nuevamente comenzaba a caminar y a hablar (cierto que ahora en voz baja) mientras agitaba nerviosamente las manos.

En verdad la situación de nuestro portero era sumamente difícil y su estado síquico lindaba con la desesperación —como todos los inquilinos luego lo consignaron—. Se le pedía súbitamente un cambio total en sus perspectivas; era como si de pronto se le exigiese salir de un mundo desesperado, y sin embargo amado, hacia otra región desconocida y, literalmente, *inhumana,* donde aparentemente tampoco había ninguna salvación. Y por encima de todo aquello, "y ahí radica para mí lo más grave", no se trataba de optar por una desesperación o intentar encontrarle una solución, sino de asumir las dos, que evidentemente se excluían... Como si todo eso fuera poco, él sabía que muy pronto sería separado por la fuerza de ambos bandos y que después ni siquiera le quedaría la posibilidad de escucharlos; mucho menos, salvarlos... Lo cierto era que ya los inquilinos no le dirigían la palabra y cuando entraban o salían del edificio, lo hacían rápidamente, mirando de soslayo y con temor al portero en cuyos gestos de extrema amabilidad veían ahora un peligro inminente. Ciertamente, aquella situación no iba a durar mucho; ellos era los dueños y no la iban a tolerar.

Como si la incertidumbre que todo aquello despertaba en el portero fuese insuficiente, otro hecho, también al parecer insólito ocurrió aquella misma tarde.

Cuando el señor Warrem salía del edificio con Cleopatra para que ésta realizase su paseo reglamentario, la perra, súbitamente le arrebató con los dientes el libro que Juan intentaba leer. El animal le dio una rápida ojeada al texto y al momento destruyó el libro a mordiscos. Luego, con su típica altivez, salió del edificio. El señor Warrem, que había contemplado la escena completamente pálido, le preguntó al portero cuál era el título del libro que leía. Informe que debía trasladar de inmediato a los especialistas.

—Era *El ser y la nada*, de Sartre, en versión española, señor,— respondió compungido Juan.

—No se preocupe, yo le compraré otro ejemplar; pero, por favor, léalo en su casa —le dijo Mr. Warren y salió en silencio tras Cleopatra.

Además de la ya padecida incertidumbre, una nueva desesperación se apoderó de nuestro portero cuando la señorita Scarlett Reynolds (ya de regreso de su paseo) por primera vez dejó de saludarlo y, algo aún más insólito, no le pidió dinero... La al parecer anciana señora atravesó con aire de gran dama ofendida todo el lobby y, siempre tirando de su perro de trapo que ahora se había convertido para ella como en un mato regio, entró en el ascensor.

Juan necesitaba urgentemente escuchar a alguien, tener a alguien a su lado contándole sus problemas. Pero para eso tendría que esperar a la próxima y temeraria sesión con los animales, a la tarde siguiente.

Y al recordar a los animales, a Juan le vino a la memoria la imagen de la gran puerta, aunque ahora no sabía quiénes eran los que debían cruzar primero por ella.

XXXIII

Cuando Cleopatra anunció que, de acuerdo con el orden establecido, el próximo disertante sería el conejo, hubo un instante de confusión en la asamblea. El conejo, en vez de avanzar hacia el centro del grupo, como lo habían hecho los otros animales, retrocedió espantado y se ocultó en el tupido pelambre del oso.

Gracias a las hábiles maniobras de la ardilla y de la gata (que por cierto, ya no lucía ningún lazo en el cuello), el conejo, recorrido por temblores espasmódicos, salió de su improvisada guarida y, bajo la mirada entre protectora y conminatoria de Cleopatra, comenzó así su discurso:

—Yo tengo miedo, mucho miedo, muchísimo miedo. En realidad creo que me muero de miedo. Sí, casi muerto estoy. Pero también estoy seguro de que si no fuera por el miedo no estaría casi muerto, sino completamente muerto. Es decir, me hubiera matado yo mismo, porque el miedo es lo único que nos mantiene vivos. El sentido de la vida no descansa sino en el miedo. Le tememos a la muerte porque la muerte no es más que un gran miedo, algo así como el miedo mayor, el miedo de los miedos. Ay, qué sería de nosotros si no existiese el miedo. ¿Qué hace incluso que existan los valientes si no es el mismo miedo? Pero el miedo no puede ser encauzado contra un enemigo específico, sino contra todo. Una piedra rueda y nos mata, un tiro se escapa y me revienta, un lobo aparece y me devora, cruza un auto y me aplasta, pruebo por equivocación una yerba venenosa y me fulmina, me pierdo en un desierto y muero de sed, me meto sin saberlo en un hueco sin salida y me asfixio, caigo en un pozo y me ahogo, en pleno día soy blanco del gavilán, de noche la lechuza me asedia... ¡Miedo! ¡Miedo! ¡Miedo! Las paredes del mundo están hechas de miedo. Y lo más triste de todo es que el mundo existe porque existe el miedo... El mundo por ser mundo, no es más que una zona de terror. Y quien no lo entienda así, perece. Todo conspira contra nosotros. Todos son nuestros enemigos. Y a la vez todo conspira contra todo. De modo que somos enemigos de todo. En un mundo así, y ese es el único que hay, sólo nos salva la desconfianza, es decir, el miedo. Siempre el que se salva es el más cobarde— durante un momento el conejo tuvo que hacer silencio pues todo su cuerpo era recorrido por temblores contradictorios o independientes; esto es, sus diversas partes temblaban con autonomía, como si el mismo miedo le impidiese al cuerpo del animal temblar, por decirlo así, organizadamente. De manera que una pata se estremecía en dirección contraria a la otra, el vientre se hundía y se abultaba, un ojo se abría y se cerraba intermitentemente mientras el otro permanecía petrificado, una oreja giraba en torno a todas las direcciones posibles y la otra se erguía hacia el techo. Finalmente, cuando se hubo repuesto perentoriamente, continuó su exposición, siempre entre pequeños saltos interpolados con chillidos y miradas desesperadas hacia todos los sitios: —Esto que estamos haciendo es muy peligroso. Estar aquí es peligrosísimo. El portero lo sabe igual que yo y tiembla igual o más que yo. Que ustedes no lo vean es otra cosa, yo lo veo porque el miedo me hace ver muy claro. Esta asamblea es en realidad una trampa. Seguramente nos han conducido aquí para cazarnos a todos *"como si fuéramos conejos"*, para decirlo con una expresión que me es tan familiarmente dolorosa. ¿No sería mejor volver ahora mismo a nuestros sitios o echar a correr en cualquier dirección? ¿Quién es quién? Eso nadie lo sabe. ¡Por Dios, busquemos rápidamente un lugar donde podamos hacer muchos huecos! Donde quiera que vivamos hagamos huecos, huecos, huecos. Metámonos en ellos una noche. Salgamos corriendo al otro día. Y sigamos haciendo huecos, huecos, huecos... Claro que esto de hacer huecos es también peligrosísimo. Podemos toparnos con toda suerte de criaturas subterráneas siempre dispuestas a devorarnos. ¿Y una vez en el hueco, no estamos prácticamente prisioneros? Bastaría que nos taparan la boca de salida y allí pereceríamos... Hay que estar muy atentos, muy atentos, estar atentísimos. Los ojos bien abiertos, las orejas bien paradas, las patas listas para caer en el hueco o lanzarse a la estampida... Entonces ¿qué hubo? ¿Se puede vivir acaso sin el miedo? ¿Si perdemos el miedo qué nos queda? ¿Si perdemos el miedo qué nos salva? Yo tengo miedo, mucho miedo, muchísimo miedo. Me muero de miedo. Por favor, empecemos ahora mismo a hacer huecos, huecos... Porque, no lo olviden, en la vida todo se resume a podernos meter en un hueco. Y en eso estoy seguro de que el señor portero me apoya. Es más, yo podría afirmar (si no tuviera tanto miedo de ser contradecido) que el portero y yo somos la misma cosa (¿Persona o animal? El miedo me impide definir): ¿Qué hace él sino cambiar de hueco, salir de un hueco y entrar en otro? ¿Qué hacen todos los hombres sino estar cavando siempre un hueco distinto, asegurando su hueco, saliendo de huecos y entrando en huecos? Huecos que se subdividen en muchos huecos, en miles de huecos menores. Huecos para dormir, huecos para bañarse, huecos para meter la ropa, huecos para guardar la comida, huecos para esconder las joyas o para asegurar el dinero. Huecos cavados indiscutiblemente por el miedo... Vean sus ciudades: huecos que el miedo incesante multiplica. Huecos con timbres y alarmas, con trampas, policías y porteros. Nuestro portero es un portero de huecos. Nuestro portero es un portero del miedo. Si no hubiese miedo, ¿por qué tendría que existir el portero? Pero el portero existe y yo existo (eso es evidente, ¿no?) y si existimos es porque existe el miedo, y por él los dos deseamos tener un hueco propio, un hueco seguro en la medida de lo posible, claro, porque seguro no hay nada... Pero un hueco, un hueco, un hueco donde, aunque llenos de miedo, podamos a veces descansar... ¿No saben ustedes cómo se hace un hueco? Si no lo saben están perdidos. Porque si solamente cuentan con el miedo y no con el hueco, entonces sí que no tienen escapatorias... En realidad yo creo que aun con el hueco no tenemos escapatorias. ¡Pero hagamos huecos! ¡Empecemos a hacer huecos, huecos, huecos! ¡Ahora mismo!

Aquí el conejo, sin dejar de temblar, quiso ofrecer una demostración práctica de cómo se hace un hueco, pero sus dientes y sus uñas se tropezaron con el cemento del piso.

El conejo lanzó un chillido de espanto.

—Ya ven –dijo a punto de morir de un colapso– estamos metidos en una trampa. Esto no es más que una jaula. ¡Estamos atrapados! ¡Qué miedo!

Y soltando un chillido aún más estentóreo volvió a esconderse entre la pelambre del oso.

Pero el oso, a quien le tocaba en ese momento pronunciar su discurso, se puso de pie rechazándolo. Entonces el conejo, dominado por el pánico, empezó a gritar que no lo mataran, que se retractaba de todo lo que había dicho, que no tomasen en cuenta sus palabras para nada, que él era un mentiroso y que haría cualquier cosa a cambio, ay, de que de un momento a otro no le cortaran la cabeza y lo dejaran salir de allí inmediatamente. Y como nadie le hizo el menor caso, el conejo vio en aquella actitud una confabulación para asesinarle, por lo que, aún más aterrorizado, trepó por las piernas del portero y se guareció dentro de su chaqueta. El portero lo acarició y el conejo lanzó un chillido. Cuando se hubo sosegado, siempre acariciado por el portero, se atrevió a sacar la cabeza, y dijo:

—Ya ven que el portero y yo estamos de acuerdo.

Pero al momento, aterrorizado por las posibles consecuencias de lo que había dicho, desapareció dentro del uniforme de Juan.

XXXIV

El oso comenzó su discurso teniendo ante sí a la mosca que era la próxima exponente y que debido a la frialdad del sótano debía revolotear incesantemente ante la boca del animal para reconfortarse con su aliento.

—Antes que nada —comenzó diciendo el oso— debo aclarar, por si no lo sabían, que mi verdadero color no es el negro. Soy un oso blanco e impoluto. Entre los ultrajes que he padecido (no los mencionaré todos por respeto a esta asamblea) se encuentra el haber sido teñido de negro por voluntad de mi ama, la señora Levinson con quien además, qué horror, me he visto compelido a fornicar —aquí el oso, además de hacer un gesto de asco, se llevó una de sus zarpas a los ojos en señal de vergüenza—. Soy un oso decente y por lo mismo aborrezco cualquier tipo de relación sexual que no sea con mi propia familia. Además, el cuerpo de la señora Levinson está lleno de pecas, de manchas, de várices y es una verdadera calamidad...

—Vamos, no te pintes tan casto —saltó irónica la ardilla, que desde los árboles he visto cómo atisbas incesantemente para los fondillos de las mujeres que pasan por la calle.

—Calumnias —respondió el oso—. Atisbo a la calle como lo hace todo prisionero, intentando escapar aunque sea con la imaginación. Pero en fin, no es sobre mis calamidades personales sobre las que quiero hablarles, sino sobre la manera de reparar todas nuestras calamidades comunes. Y debo decir que la idea del hueco expuesta por el señor conejo me atrae, como induscutiblemente le tiene que atraer al portero. Sí, he escuchado ese discurso con cierto ilapso. Ahora bien, el hueco donde iremos a vivir ha de ser un hueco grande y digno, no un escondite provisorio y repentino. No, señor, nada de andarnos con tanto miedo. Retirarnos a nuestro mundo, lo apruebo, pero sin sentirnos perseguidos, acosados, ni siquiera molestados por la presencia humana que siempre lo está cambiando todo para peor; presencia que entre más lejos la tengamos mejor, pues con su lejanía desaparecerían casi todos nuestros problemas ya que *sublata causa, tollitur effectus*... Me gusta la idea del hueco, sí, pero como guarida y fortaleza. Nuestra causa debe ser un bastión tan poderoso como una catapulta —dijo inflando aún más su retórica, típica tal vez de su voluminoso cuerpo—. ¿Dónde ha de estar esa ciudadela? —continuó ahora pausadamente el oso—. Pues, como ya antes aduje indirectamente: entre los hielos polares... ¿Por qué? Porque estando en un clima frío no se corrompen nuestros alimentos (y uno de nuestros propósitos fundamentales es comer), no se desatan las lamentables plagas que en otros climas pudieran esquilmarnos (y uno de nuestros propósitos fundamentales es vivir saludablemente), no nos molestarán los incesantes ruidos que en cualquier otro lugar del globo se emiten (y uno de nuestros propósitos fundamentales es reposar), no vendría el hombre, en otras palabras, a importunarnos indolentemente. Además podríamos invernar, esto es dormir y soñar largamente, con lo cual nuestra mente se mantendría cada vez más fulgente, como es mi caso, y nuestro cuerpo cada día más robusto, como también es mi caso. Y no creo necesario declarar que la sobrepujanza y la salud son requisitos imprescindibles para disfrutar de la libertad, aunque *stultorum infinitus est numerus...* Después de todo, qué sentido tiene la libertad cuando se vive dentro de un cuerpo enclenque azotado por toda clase de epidemias y calamidades que, naturalmente, harían de esa libertad algo tan efímero y tan odioso como nuestra propia vida. La longevidad, como bien afirmó la señora tortuga, es indiscutiblemente un mérito y un trofeo si se vive en libertad, de lo contrario es más bien una humillación. Y en esto de la longevidad estoy completamente seguro de que el señor portero me apoya, pues no es precisamente el hombre una criatura hecha para vivir pocos años; por el contrario, salvo casos excepcionales, quiere vivir más de la cuenta, y no sólo eso, sino que aún después de muerto quiere, de una u otra manera, permanecer. De ahí la cantidad de necedades que nos lega, antes de, finalmente sucumbir. *Vae soli.*

XXXV

Bajando solemnemente el hocico, el oso dio por terminada su ponencia, por lo que la mosca, siempre revoloteando frente a él para no perecer, tomó la palabra.

—Queridos amigos —dijo la mosca dando un corto vuelo y posándose en la nariz del oso—. ¿O debo también decir "queridos enemigos", para abarcarlos a todos? He asistido a esta asamblea a sabiendas de que podía perder la vida a manos del frío. ¿Acaso se me dejó casi para último para ver si me moría antes de hablar? —aquí la mosca se alejó temerariamente del oso, pero al instante regresó posándose entre sus cejas, donde el insecto se restregó las patas y siguió hablando—: de todos modos, eso, morirme, no hubiese tenido para mí demasiado importancia. Mi tesis no es precisamente la del señor oso (y espero que por eso no me vaya a cortar el aliento), ni la de la jicotea, ni la del mismo conejo, ni la de casi todos los animales aquí presentes, empeñados en vivir el mayor tiempo posible bajo cualquier circunstancia. No queridos amigos (¿o enemigos?). ¿Qué sentido tiene una larga existencia si hemos de vivirla sólo para el miedo? ¿Qué sentido tienen vuestras prolongadas vidas si están condenados a vivirlas encerrados y aterrorizados, sin atreverse apenas a sacar la cabeza del hueco o a cesar de lamerles las manos a quien os tira un montón de desperdicios o eventualmente os saca a la calle con un collar al cuello o dentro de una jaula? Y eso, desde luego, en el mejor de los casos... ¿No es mejor gozar en un instante toda la plenitud posible y una vez embriagados perecer? ¿Creen ustedes que algo que no amerite el riesgo (un riesgo mortal) deba ser llamado *vida*? Yo misma, en este momento, con esta temperatura de cero grados, ¿no estoy arriesgando mi vida a cambio de la aventura de estar con ustedes en estos instantes decisivos de nuestras existencias? Bastaría que el señor oso contuviese por un momento su respiración y yo moriría de frío, o que algunos de ustedes abriese demasiado su boca y me tragase, como han hecho en miles de ocasiones con mis familiares los señores perros y las señoras lagartijas aquí presentes... ¿Acaso creen que no he meditado en todos estos peligros inminentes? También por eso, por la posible aventura de perecer, estoy con ustedes. Sí, ya sé que podrían pensar que yo encarno el enconado sentimiento de autodestrucción de la señorita Mary Avilés. Todo lo contrario. Para ella la vida no tenía ningún sentido y por lo mismo buscaba incesantemente la muerte, para mí tiene tantos que considero que el precio de la muerte es insignificante comparado con la dicha de haber vivido un minuto. Esos son mis principios, vivir a plenitud (y por lo mismo en peligro) un instante, si es posible dos o tres, y perecer. Elevarse aún con fuerzas sobre un rayo tibio de sol y luego, aún embriagada, caer. Pasar así, súbitamente, casi sin darnos cuenta, del éxtasis al sueño. Pero antes haber disfrutado intensamente de la inmundicia o del pastel, de la leche y la orina, de la sangre y el vino... De modo que no se trata de huir o de no huir, sino de dar unos cuantos revoloteos gozosos antes de perecer, y ese perecimiento verlo también como un goce... Pero, lo comprendo, poco se puede hacer estando enjaulado. Y esto también lo comprende el señor portero, a quien he visto revolotear, casi como yo, pero sin tanta habilidad, en su jaula de cristal... Muchas gracias queridos amigos y enemigos. Espero que realmente me hayan entendido.

En esos momentos el mono, que no dejaba de saltar de un lado a otro, corrió los cristales de una de las ventanas del sótano y una ráfaga de viento helado entró en el recinto. La mosca se precipitó dentro de la boca abierta del oso, pidiéndole por piedad que no se la tragase.

—Realmente no te hemos entendido muy bien —le dijo entonces el mono a la mosca, soltando algunos chillidos, y volvió a cerrar la ventana para comenzar su discurso.

XXXVI

Demasiadas cosas serias se han dicho en esta asamblea —comenzó diciendo el mono en tono zumbón—. Tan serias que no se pueden tomar en serio, pues eso sería poco serio... Se ha hablado aquí de la vida, y, por supuesto, de una nueva vida que al parecer casi todos queremos comenzar. Pero no han tomado en consideración lo más importante, pues no se han preguntado cual es significado profundo de la vida. La vida, queridos amigos, no es más, pero tampoco es menos, que un juego. Entre nosotros es un juego limpio, y aunque a veces es cruel, todos sabemos a qué atenernos en relación con los demás. Pero en el hombre (al que ustedes desgraciadamente imitan en vez de dejar que sea él quien nos imite) la vida se ha vuelto un juego sucio, y, lo que es peor, ese juego se ha tomado tan seriamente que ha dejado de ser juego para convertirse en un deber, es decir en algo abrumador; tan abrumador que ya ni ellos mismos conocen lo que es la libertad ni mucho menos cómo disfrutarla. Porque, ¿qué es la libertad sino la posibilidad de jugar, burlándonos hasta de nosotros mismos y a la vez tratando de aprender un poco más de los otros al parodiarlos? Y así tiene que ser, puesto que nadie es en sí mismo algo exacto, sino un remedo de otras cosas. ¿No tiene la serpiente ojos de cotorra? ¿No tiene la cotorra lengua de mujer? ¿Y no tiene la mujer el olor del pez y las uñas de la gata? ¿Y no tiene la gata las orejas del conejo? ¿Y no tiene el conejo la carne de gallina? ¿Y no pone huevos la gallina como lo hacen la tortuga, el pato y el ornitorrinco? ¿Y no tiene el ornitorrinco la boca del pato y la figura del puerco espín? ¿Y no es el puerco espín un ser tan ríspido como el hombre? ¿Y no quiere el hombre volar como la paloma, navegar como el pato y cavar túneles como el conejo? Vemos así que la única manera de ser es ser un poco cualquier ser o ser cualquier cosa, para ser más preciso. Sólo somos auténticos si cambiamos incesantemente. ¡Caminemos en cuatro patas y en una, en dos y en ninguna! ¡Corramos! ¡Saltemos! ¡Volemos! ¡Arrastrémonos! Nuestra verdadera identidad es un disfraz incesante, una broma infinita. Lo solemne es la tumba. Desconfiemos de las caras serias, tienen puesta una máscara que por usarla durante tanto tiempo se les ha pegado al rostro. He ahí otra diferencia entre nosotros y el hombre. Nosotros no tenemos máscara, somos. Ellos para ser tienen que vivir en perpetua batalla demostrando que son. En ese juego, que es la vida, ellos siempre pierden porque están contaminados de hipocresía. Han infringido las reglas del gran carnaval. Ya no cometen travesuras, sino mezquindades. No son joviales, nunca lo han sido, sino criminales, y, lo que es peor, aguafiestas y cretinos, y, lo que es aún mucho peor, solemnes y enfatuados. Y cuando intentamos demostrarles lo que realmente son detrás de la máscara, nos llaman monos, simios, orangutanes, bestias, o algo por el estilo. Y cuando, patéticamente, nos imitan se justifican alegando que somos nosotros quienes los imitamos. Pues ellos se creen la medida de todas las cosas, y así, descabelladamente, lo proclaman. Pero nosotros sabemos que cada cosa tiene su medida y que esa medida es además elástica y cambiante... La actitud de la mosca, a mi parecer concuerda conmigo en cuanto a lo de saltar y gozar, pero hay en ella como un sentimiento de culpa, de sacrificio (sin duda copiado del hombre al que siempre ha rondado) que yo no reconozco. No hay por qué pagar con una pronta muerte un efímero goce. Todo lo contrario, el goce se ha de prolongar espantando a la muerte... Interpretemos la realidad profundamente, es decir, tal como es. Seamos pues versátiles y burlescos, irreverentes y joviales. En ese sentido el portero es mi mejor aliado. El se manifiesta de un modo diferente con cada inquilino; es lo que el inquilino quiere que él sea, pero a la vez quiere que los inquilinos sean lo que él desearía que fuesen y siempre se está debatiendo entre actitudes contradictorias. Vean, por ejemplo, el portero es portero y escribe, pero escribe y no publica, a diferencia de los verdaderos escritores que publican pero no escriben. De manera que nuestro portero es en sí mismo una estampa de la burla. Y por eso estoy seguro que él es nuestro invitado de honor. Sí, él es nuestro invitado de honor porque él representa la burla absoluta. Pero queridos amigos, si ustedes han perdido el sentido de la burla y hasta del sarcasmo no tienen razón de proseguir con esta asamblea. El juego es, en fin, la única medida de todas las cosas. Y si nos alejáramos del hombre no debería ser para odiarlo sino para podernos burlar de él cómodamente.

En este punto, el mono dejó su discurso y comenzó a imitar diversos tipos de hombre. Ante la audiencia se transformó en una joven depravada, en un ministro condecorado, en una santa en actitud contemplativa, en una anciana jorobada, en una reina medieval, en un famoso actor de cine, en un homosexual escandaloso, en un recién nacido que berreaba y pataleaba (aquí el mono, para impregnarle más realismo a su personaje, orinó a la audiencia), en una bailarina clásica, en el Santo Padre dando una misa en el Vaticano, en una cincuentona ninfomaníaca en la cual todos reconocieron a Brenda Hill, en la misma gata de Brenda Hill (y realmente maulló como aquella), en el señor Pietri, en Casandra Levinson, en otro mono que no era él, en nuestro portero, en el solemne oso allí presente y en la escandalosa cotorra, quien maravillada y en muestra de agradecimiento se trepó a la cabeza del mono y ponía el timbre exacto de voz a los personajes que el mono seguía caracterizando.

Ahora toda la audiencia estaba fascinada. Los que podían aplaudían, los que no, chillaban, gorjeaban, gruñían, siseaban, ladraban o piaban... En el colmo de la euforia del éxito, el mono abrió la puerta que daba al patio y seguido por todo el cortejo salió al jardín interior —siempre secundado por la cotorra— imitando ahora al resto de los vecinos del edificio. Era realmente un espectáculo ver a aquellos animales sobre la nieve, abrigados recíprocamente por sus alientos, avanzar bajo la luz del atardecer invernal rodeando al mono y al portero quien intentaba inútilmente detener la comitiva... Por un momento, Juan se dirigió a Cleopatra en busca de ayuda. Pero en el intenso violeta de la perra no había más que una mirada enigmática. La barahúnda y el ruido que hacían los animales formaba como una suerte de comparsa unánime. La misma serpiente hacía sonar de una manera cada vez más sonora sus cascabeles y hasta la jicotea intentaba pararse en dos patas sobre el hielo. De repente, en medio de aquel alboroto, el mono, soltando un chillido, tomó por las manos al portero y antes de que Juan pudiera zafarse, cosa por lo demás no fácil, se vio en los brazos del simio bailando una insólita danza.

Fue entonces cuando casi todas las ventanas del edificio se abrieron y sus habitantes, a pesar del intenso frío, sacaron estupefactos la cabeza. Brenda Hill al ver a su querida gata mezclada en aquel carnaval lanzó un grito; John Lockpez junto con toda su familia, entonó consternado una oración. Casandra Levinson pronunció en alta voz varios anatemas contra la enajenación capitalista y los dos Oscares lanzaron sendos chillidos operáticos en tanto que Scarlett Reynolds, pensando demandar a la administración del edificio y hasta la misma ciudad, fingió caer fulminada. En ese momento el señor Pietri hizo varios disparos al aire con su vieja escopeta de dos cañones mientras su esposa corría hasta el apartamento de Mr. Warrem a quien consideraba responsable de todo por haber protegido al portero.

—Señora, ya hemos llamado a la ambulancia —le respondió en la puerta el señor Warrem sin invitarla a entrar.

—¿Pero no es mejor llamar también a la policía? Se trata de un loco peligroso, ha desquiciado hasta a los animales.

—No —le respondió Mr. Warrem despidiéndola. Por lo que la señora Pietri no pudo averiguar si aquel *no* significaba que no se llamaría a la policía, o que el portero no era como ella pensaba, un loco peligroso que había desquiciado hasta a los animales.

XXXVII

Aunque los enfermeros venían preparados contra cualquier muestra de violencia, no tuvieron que poner en práctica sus conocimientos profesionales de judo. Juan se dejó conducir sin resistencia hasta la ambulancia y esta partió rumbo al hospital para enfermos mentales costeado por la ciudad. Allí, los siquiatras, bajo el estímulo de los detectives, veterinarios y doctores del señor Warrem, se afanaron en descubrir cuál era exactamente el tipo de locura que padecía nuestro portero. Y como nada descubrieron, certificaron que su estado era muy grave y, con la ayuda de las cintas magnetofónicas y hasta de algunas películas hechas por los detectives del señor Warrem en el sótano, diagnosticaron un caso de "ventriloquismo magnético". Se tratabà de una nueva y terrible enfermedad que hacía que la víctima se considerase a sí misma como un animal parlante, y como tal se comportase. En el caso de Juan, seguían diagnosticando los doctores, el trastorno era más serio puesto que él no se consideraba un animal específico, sino que (y así lo afirmaban las grabaciones) incesantemente se transmutaba, asumiendo a veces la personalidad de una cotorra, de un oso, de una jicotea y hasta de una mosca. Lo que más desconcertaba a los doctores y a los mismísimos detectives del señor Warrem era la variedad de registros de que el portero podía hacer alarde, todo eso sin usar los labios, es decir, solamente con el estómago, como lo certificaban las películas clandestinas tomadas durante la insólita asamblea.

Pero lo más misterioso de aquella enfermedad era que una vez ingresado el paciente en el manicomio no volvió a manifestarse. El portero no volvió a creerse una cotorra o un mono ni intentó hablar como si fuese el vocero en persona de esas bestias. Por último los siquiatras consideraron que tal vez fuera un buen método traer al hospital a los animales que el portero había "magnetizado" y observar cuál sería la reacción del loco en presencia de los mismos y viceversa. Pero cuando se le comunicó ese proyecto al señor Warrem, él mismo dio una negativa rotunda. En realidad, luego de haber escuchado las grabaciones, haber estudiado las películas, además de haber contemplado la escena del portero con los animales en el jardín, el señor Warrem deseaba mantener a Cleopatra lo más lejos posible de Juan. Por otra parte, y justo es aquí consignarlo pues caro nos ha costado averiguarlo —mil dólares al secretario de Mr. Warrem—, Stephen Warrem tenía sus dudas acerca del, citamos, "ventriloquismo demente del portero". Y agregaba con verdadera suspicacia que "las voces grabadas de los animales, aunque humanas tenían algo de inhumanas"... En verdad, el señor Warrem no sabía si era el portero quien había hablado como los animales o si eran los propios animales, pero estaba seguro de que en todo aquello había un misterio que trascendía la propia locura de Juan. Por otra parte, el señor Warrem emprendió una costosísima investigación sobre esa enfermedad llamada "ventriloquismo magnético" y llegó a la conclusión de que en toda la historia de la medicina nadie hasta ahora había padecido nada ni remotamente semejante. Evidentemente la enfermedad era tan "nueva" (como le habían certificado en el hospital) que el portero resultaba ser la primera víctima. No es pues desacertado afirmar que las espe-

135

culaciones de los doctores perdieron casi todo interés para el señor Warrem.

De todos modos los siquiatras decidieron proseguir con lo que ellos llamaban "la experimentación animal con el sujeto clínico", y aunque no pudieron traer los animales al consultorio, sí trajeron numerosas grabaciones con los sonidos producidos por las bestias más diversas. La sesión terapéutica consistía en sentar al portero en una silla en el centro de una sala blanca y absolutamente desprovista de todo tipo de objetos, excepto los cables y demás artefactos conectados a la cabeza del paciente y a la pantalla registradora. Entonces, en la habitación herméticamente cerrada se empezaban a oír diversos tipos de jergas zoológicas. Trinos, silbidos, ladridos, maullidos, resoplidos, balidos, bordoneos, una verdadera selva acústica poblaba aquel recinto. Las sesiones eran intensas y la pantalla reflejaba miles de líneas que eran estudiadas minuciosamente por los siquiatras.

A veces, en medio de aquella delirante fauna sonora (pues al relincho de un caballo andaluz precedía el estertor de una ballena moribunda, y al canto de un sinsonte de la Florida se añadían los gemidos de una morsa de Groenlandia y luego la algarabía de seis canguros australianos en pleno acoplamiento) nuestro portero navegaba mentalmente pero con tal fuerza que aquel viaje era una realidad más dentro del cambiante repertorio de realidades que había sido su vida. Así Juan volvía al pasado. ¿Y qué encontraba? Se encontraba a sí mismo, más delgado y joven, intentando entrar en la casa de sus padres cuya puerta había sido cerrada por dentro con pestillo, pues ese día, luego de mil triquiñuelas y riesgos, su padre había conseguido carne de puerco, y Juan, el hijo, estaba excluido de la cena. Pegado a la puerta, junto al pestillo, los oía a ellos, padre y madre, masticar con verdadera pasión. Habría que esperar a que terminase la comida para poder tirarse en el sillón de la sala y dormir... Sólo quedaban las calles vigiladas, el riesgo de aventurarse por ellas siendo joven y además con el pelo largo —ese pelo que en un gesto de inconsciente rebeldía se negaba a cortarse... Más atrás, más atrás (y ahora en el consultorio ululaban dos búhos antillanos a la vez que bramaba un cebú canadiense), más atrás en el tiempo, en el pasado que es para nosotros siempre presente, puede verse, ahora, un niño, deseando dormir entre las piernas de la madre, bien adentro, bien adentro, mientras ella lo golpea... Más adelante, más adelante (ruge un león y le replica una minúscula cartacuba) más adelante, en ese tiempo, en ese pasado que para nosotros no existe puesto que querramos o no vivimos siempre en él, Juan se ve caminando enfurecido por las playas custodiadas de su país, averiguando, intentando temeroso averiguar, cómo cruzar el mar, y ya se contemplaba en un globo gigantesco y azul (armado sobre la misma terraza del edificio colectivo donde vivía) remontando el cielo para siempre, para siempre. Para siempre huyendo de aquel lugar donde toda su infancia y su adolescencia, su vida, no había sido más que un intento frustrado de ser acogido por algo que no fuese el campo de trabajo, el servicio militar obligatorio, las obligatorias horas de guardia, la obligatoria asamblea, la reunión, la concentración pública, la cita oficial e inapelable para que él entregara lo único que poseía y que de ninguna manera podía disfrutar, su efímera —y precisamente por eso maravillosa— juventud... *Pero yo busco, pero yo busco, pero yo siento, pero yo grito* (y aquí comenzaba a hablar cada vez más alto, mezclando su voz a los alaridos de una guacamaya de la América Central y al balido de una cabra siciliana), *yo grito en medio del mar, en el campo de trabajo, debajo del agua, caminando a lo largo del malecón calcinado, sobre los árboles o en el centro del tráfico, dentro del tren o bajo la nieve o sobre un palmar o sobre la arena, cuarenta días y cuarenta noches, abriendo y cerrando la puerta, yo busco la salida. Entonces ya veremos, ya veremos caballos y elefantes, ya veremos cielos y corredores, hervideros, enredaderas y desiertos, y un cangrejo, en la luna...* Aquí los siquiatras se miraban cada vez más fatigados, y absolutamente seguros de la total y enigmática locura del portero. Pero, después de todo, se decían a manera de justificación profesional, ¿acaso toda locura no es enigmática? Y de esa manera daban por terminada la sesión silenciando momentáneamente aquella selva portátil.

Sin embargo, para nosotros algunas partes de aquel discurso de Juan estaban hasta cierto punto claras —y justo es que así lo consignemos—. Se trataba de esa necesidad, para nosotros ineludible, de regresar a nuestro mundo (necesidad que tal vez aquellos piares, gorjeos, bramidos y cantos hacían un poco más viva). Nosotros mismos, a pesar de tantos años de ausencia no dejamos de pensar a cada instante en un hipotético regreso. Y a veces parece como si percibiéramos o nos llegaran noticias sin duda ilusorias de aquel mundo que mientras se hundía abandonamos. Un amigo remoto acaba de morir en circunstancias turbias, un pariente lejano (un antiguo enemigo) cayó en desgracia, alguien que odiábamos se ha hecho acreedor de

nuestra misericordia; pero todo eso, aunque viene en forma recu-
rrente, lo vemos como a través de una enorme niebla que al recupe-
rarnos, al volver a este sitio donde desde hace tantos años habitamos,
nos impide precisar si aquello de allá, hasta el mismo infierno, fue
una ficción que no podemos olvidar o un hecho consumado que se
difumina... Y hasta las voces de los que allá claman, y hasta los
aplausos de los que allá traicionan y hasta el estruendo de la metralla
y los estertores de los que allá perecen quedan obnubilados, como si
una espesa cortina cayese entre aquel sitio donde una vez fuimos
porque sufrimos y este otro donde ahora sobrevivimos y no somos
porque ya no soñamos.. Y henos otra vez aquí, entre el estruendo
automatizado de esta vida que no cesa y a la que —aunque lo negue-
mos públicamente, y lo negamos— somos ajenos. El traje, la corbata,
el portafolio, el auto, el bill (perdón, la cuenta o la factura), la oficina,
y, sobre todo, el deseo siempre patente de un viaje hacia el sur, hacia
el sur, hacia el sur. Hacia el mismo borde donde la frontera limita ya
con el horror.

XXXVIII

Cuando Cleopatra vio llegar la ambulancia con los enfermeros
judocas, comprendió al instante que el portero sería llevado a un
manicomio y le ordenó a la paloma, a la ardilla y a la rata que
siguieran al vehículo. Debemos aclarar que a partir de este momento,
es decir, fuera de la presencia del portero, la perra abandonó el
lenguaje humano y se comunicó con el resto de los animales con lo
que podríamos llamar *sus métodos tradicionales*. Pero de todos modos
no nos fue difícil deducir la orden que había impartido. Los animales
mencionados no sólo siguieron la ambulancia hasta el hospital si-
quiátrico —una mole anexa al hospital Bellevue—, sino que precisa-
ron con exactitud (como también lo hicimos nosotros)— la sala en que
estaba el paciente y el tratamiento que allí sobrellevaba. Bajo la orientación de Cleopatra estos animales visitaban casi todos los días al
portero, sin que éste lo notara, y luego le comunicaban a la perra el
estado en que se encontraba.

Tanto para la paloma como para la ardilla y hasta para la misma
rata, escalar o volar hasta la cornisa de la alta ventana tras la cual

estaba el portero y observarlo detrás de los cristales o escondidas entre alguna rama, parecía entusiasmarlas... Nosotros hasta tenemos fotografías de dichos animales realizando estos menesteres. Pero a pesar del entusiasmo por estar cerca del portero, ninguno de ellos le dirigió la palabra —ni en lenguaje humano ni en ningún otro tipo de idioma. Al parecer, la función de los tres era solamente observar y comunicarle lo observado a Cleopatra, sin buscarle más complicaciones a nuestro portero, quien ya tenía suficientes. Sabemos que la perra se reunía clandestinamente con estos tres animales, así que no es aventurado afirmar que la misma información que recibía Cleopatra era la que engrosaba nuestros documentos.

El "ventriloquismo magnético" del portero había sido declarado por los siquiatras más expertos como "la consecuencia de una original esquizofrenia crónica".

Instalado en el hospital, al parecer con carácter permanente, nuestro portero se relacionó —o intentó— relacionarse con algunos de los dementes allí internados. Tenemos ante nosotros sus historias clínicas y sus números. Y decimos *número* y no *nombre*, pues, una vez ingresado, el enfermo es codificado por el número que se estampa en su uniforme. Así nuestro portero dejó de llamarse Juan para responder al número 23666017.

Entre los pacientes que Juan (o el 23.666.017) llegó a tratar registramos el número 26.506, orate que por algún misterioso desequilibrio para el cual los médicos del hospital no hallaban cura, estaba obsesionado por el excremento. Era patético ver a aquel personaje esperando con ansiedad la hora de hacer sus propias necesidades para de inmediato embadurnarse todo el cuerpo. Nuestro portero, en los momentos en que la dosis de pastillas que diariamente le suministraban se lo permitía, intentaba convencer a aquel enfermo de que esa actitud no era la solución, "la salida", le decía él, para su problema... El número 243.722 era un negro joven y hasta de buen parecer que padecía la manía de bajarse incesantemente los pantalones en público y enseñar su trasero. Por una razón que nosotros no podemos dilucidar, nuestro portero fue el blanco escogido por este loco para hacer sus exhibiciones glúteas; así que donde quiera que el número 23.666.017 estuviera el número 243.722 enfilaba en aquella dirección su culo... El número 33.038 era una anciana que padecía de la insólita obsesión de cortarse las venas, razón por la cual sus brazos no eran más que un montón de cicatrices y estaban casi siempre vendados. El número 160.014 era un cubano de unos sesenta años, también llegado en 1980 por el Mariel, como nuestro portero. Del barco prácticamente fue para el hospital pues se negaba a comer y sobrevivía bajo una alimentación artificial y obligatoria que le suministraba a la fuerza varios enfermeros. Lo extraño de este caso es que siempre iba al comedor a la hora reglamentaria, tomaba la comida que le daban y la guardaba en una bolsa plástica debajo de su cama. A veces se almacenaba allí un verdadero arsenal de productos comestibles que su acaparador jamás probaba y que los empleados tenían que echar a la basura. Cuando esto sucedía y sucedía periódicamente, al número 160.114 le daba un arrebato y tenían que ponerle la camisa de fuerza. A veces Juan metía también su comida en una bolsita plástica y se la entregaba a su compatriota quien mirándolo con recelo la colocaba debajo de la cama sin pronunciar una palabra. Otro demente con quien también trató Juan de confraternizar fue con el número 40.001, señora de unos cincuenta y cinco años, cuy desequilibrio le había dado por introducirse en la vagina cuanto objeto sólido encontrase, incluyendo los tenedores y los cuchillos que súbitamente desaparecían de la mesa colectiva. También estaba el enajenado número 322.289, "el profesor", quien le aseguraba a nuestro portero que todo aquel manicomio no era más que una nave varada en aquel sitio por razones técnicas y a la que él, gracias a sus investigaciones, pondría un día en marcha. Cuando la nave despegase, le aseguraba el loco a Juan, todos nuestros problemas habrán concluido. En ocasiones Juan trabajaba para aquella causa y ayudaba a convertir las sábanas del hospital en largas tiras las cuales eran, según el chiflado, materiales imprescindibles para poner a funcionar la nave. Seguramente, Juan no creía ni una palabra de lo que este alienado le decía, pero lo secundaba para poder interpolar de vez en cuando una frase que él creía orientadora en medio de los largos discursos científicos del demente... Los números 20.190 y 25.177 eran dos verdaderos exhibicionistas dentro de la demencia. No pasaba un día sin que intentaran llamar la atención por los medios más inesperados, desde caminar con la cabeza para abajo hasta cortarse una oreja, o desde desnudarse en el salón de visitas hasta intentar pegarse fuego a la hora del baño. Eran dos jóvenes de cuerpos absolutamente insignificantes, bajitos, medio calvos y gorditos a quienes nunca nadie tomaba en cuenta. Muchas veces tenían que ser amordazados por la noche pues no dejaban descansar al resto de los pacientes con extraños ruidos que reclamaban ser escuchados. El demente más cercano en relación a su enfermedad a los exhibicionistas era el 19.681, llamado entre los enfermeros "el predicador". Era un hombre de unos cuarenta y cinco años quien además de no haber querido bañarse nunca emitía incesantes e incoherentes discursos apoyados siempre en una palabra escuchada al azar. No importaba qué tipo de palabra fuera, ni cual fuese su función gramatical, aquel hombre siempre se las arreglaba para desarrollar alrededor de ella una extensísima y apasionada teoría al final de la cual muchísimos locos, y hasta algunos enfermeros aplaudían. Era muy difícil para los doctores usar con este paciente alguna terapia, pues con sólo decirle buenos días aquel hombre se enfrascaba en un inmenso discurso sobre la palabra días, lleno de citas en latín y en francés y con momentos de indiscutible brillo y coherencia, aunque luego se perdía en las conjeturas más alucinantes, y hubo ocasiones en que concluía con un relincho o un extraño gemido... ¿ qué decir del número 23.700.407, uno de los ingresados más recientes en aquel hospital, un cubano por cierto, que se había empeñado en sólo pronunciar la palabra *cacarajícara*, palabra que no tiene traducción alguna a la lengua inglesa. ¿Quién sabe cuál sería el misterioso y versátil empleo que aquel joven le daba. En algunas ocasiones, seis veces según nuestros documentos, Juan se acercaba a aquel hombre, más o menos de su edad, y a manera de saludo le decía "cacarajícara". ¿"Cacarajícara?", preguntaba con asombro el número 23.700.407. "Cacarajícara", le confirmaba en forma amistosa nuestro portero tratando de establecer cierta compenetración. "Cacarajícara", gritaba entonces el número 23.700.407 aterrorizado y se refugiaba en un rincón mientras en voz baja y llena de remota ternura repetía ahora "Cacarajícara" en todos los registros conocidos por la garganta humana... La loca maternal (nunca falta en los manicomios) era la número 869.981, mujer desgreñada, de unos sesenta años, a la que nunca pudieron quitarle de los brazos una muñeca de trapo a la que constantemente acunaba. Lo extraño del caso (para los siquiatras) era que esta señora había sido madre de doce hijos a quienes cuando venían a visitarla ella se negaba a recibir, prefiriendo quedarse en la cama conversando con su muñeca... Pero si en muchos de estos casos la locura se manifestaba de una manera, digamos, parlanchina, lo cierto es que había otros enfermos absolutamente retraídos. Uno de ellos, el número 399.112 nunca, que se sepa, había pronunciado una palabra. El silencio parecía ser su obsesión, a tal punto que cuando alguien hablaba, aquel pobre hombre se llevaba las manos a los oídos y se contraía como si padeciese un intenso dolor. Una vez, el portero lo encontró casi asfixiado en la cama, pues para no oír uno de los discursos del número 23.700.407 había metido la cabeza bajo una docena de almohadas y encima se había tirado varias colchonetas. Sobre aquella muelle plataforma los número 20.190 y 25.177 bailaban desnudos en tanto que el joven cubano gritaba "Cacarajícara" en tono compungido. El último de los locos con el cual nuestro portero intentó trabar cierto diálogo fue con "el crucificado", es decir el número 281.033. Se trataba de un hombre demacrado, (a veces dejaba por donde pasaba una mancha de sangre), de edad imprecisa y de rostro afilado que en varias ocasiones había intentado crucificarse y que una vez lo logró. Sin que la administración supiera cómo (nosotros sabemos que fue a través de un enfermo llamado Jaime), el número 281.033 se hizo de dos maderos, un martillo y algunos clavos y una mañana fue hallado perfectamente crucificado. Se practicó una investigación entre los pacientes y los empleados pero ni en el cuerpo ni en los maderos aparecieron otras huellas que no fueran las del propio crucificado. El número 281.033 había hecho él mismo la cruz. Antes de clavarla en la pared tuvo la precaución de atravesar con un clavo el extremo derecho del madero, dejando que la punta saliese al exterior. Luego se clavó ambos pies y una mano y con la otra tiró fuertemente hacia atrás hasta lograr que la punta del clavo que sobresalía le taladrase la muñeca. Fue nuestro portero quien primero vio al "crucificado" que, por cierto, se quejaba en voz baja. Su cuerpo estaba cubierto alrededor de la cintura por una toalla del hospital y la sangre le bañaba las extremidades y la cruz. El portero llamó a los enfermeros de guardia quienes, tal vez porque era de madrugada, demoraron más de una hora en acudir. Mientras esperaba, Juan retiró la toalla del cuerpo de "el crucificado" para limpiarle con ella las heridas. Entonces descubrió que "el crucificado" lo que tenía entre las piernas era un sexo de mujer y que éste también sangraba. Al parecer "el crucificado" era un travesti infortunado a quien una cirugía mal hecha lo había provisto de un agujero defectuoso. Lo que más sorprendió al portero (y hasta a nosotros mismos) era que aquel paciente nunca había dado la menor señal de afeminamiento, ni parecía interesarse por las relaciones sexuales... Ahora el portero comprendía el por qué de aquellas manchas de sangre dejadas por el enfermo.

Aunque nuestro portero intentó comunicarse de una manera u

otra con todos estos personajes, ellos no le prestaron ninguna (o casi ninguna) atención a lo que él les decía. La razón es muy sencilla, la locura es tal vez el único estado en que el ser humano no parece necesitar consejo alguno.

Al parecer, los intentos frustrados de Juan por llegar a compenetrarse con aquellos seres, las sesiones de "terapia acústica" a que se veía sometido y las múltiples pastillas que tenía que tomarse, lo fueron sumiendo con el tiempo en un sopor casi letal. Caminaba arrastrando los pies, dormía hasta doce y quince horas diarias y ya también pasaba días y semanas sin pronunciar una palabra, hasta las anotaciones que hacía furtivamente fueron disminuyendo hasta cesar. Había engordado considerablemente y aquel atractivo color moreno de su piel se fue transformando, quizás por el encierro y la alimentación, en algo blancuzco y transparente. Sólo una cosa en toda su persona seguía invariable: el fulgor de intensa tristeza que a veces despedían sus ojos. Fulgor que era captado por una paloma, una ardilla y una rata que diariamente rondaban el hospital.

Antes de continuar con los acontecimientos finales, debemos hacer constar en honor a la verdad, que en varias ocasiones nosotros, de una forma indirecta, intentamos mejorar las condiciones sanitarias de Juan en el manicomio. También le hacíamos llegar mejores alimentos que los que allí se servían, que no eran malos, y libros y objetos de uso personal. Por último, cuando nos enteramos de que, en vista de que no había ningún progreso en el paciente, la administración había determinado ingresarlo en un internado para deshauciados mentales (un hospital-prisión con celdas estrictas al norte del Estado de Nueva York), tramitamos por tasmanos una "petición de clemencia" o algo por el estilo. Incluso, una de las trabajadoras sociales de nuestra comunidad fue a visitar a Juan.

Nuestra enviada le dijo sin ambages lo que le esperaba y que sólo había un modo de evitarlo: negar que hubiese tenido relación alguna con los animales e insistir, sobre todo, en que había padecido un lapsus mental o una locura pasajera cuando le había dado por imitar a ciertos animales y por hablar con ellos, pero que ya todo eso había sido rebasado.

—Pero, en realidad, no fui yo quien les habló —protestó Juan muy serio— fueron ellos los que me invitaron a que yo los escuchase.

Nuestra trabajadora social abandonó el hospital muy apesadumbrada. Era una mujer de absoluta confianza y lo sabía todo con respecto al portero a quien secretamente estimaba.

—Lo peor es que él no dice más que la verdad —terminó informando la noble empleada.

—Desde luego que él sólo dice la verdad —le respondió nuestro enlace que era casi un filósofo —¿pero puede haber mayor locura que esa?

Y con esa última gestión de la trabajadora social dimos por cerrada la hoja clínica de nuestro portero. Haber ido más allá hubiera sido arriesgar nuestro prestigio de comunidad seria y poderosa en este país y en el mundo. Hubiese resultado extremadamente peligroso el habernos presentado públicamente como defensores o abanderados de una persona que dice —y así lo registran los interrogatorios— haber escuchado las voces de doce animales diferentes... Imaginad al alcalde de Miami (un cubano distinguido), o al de Hialeah (otro cubano prominente), o al presidente de la Cocacola (un cubano, desde luego), o al presidente de la Universidad Internacional de la Florida (otro cubano), o al jefe de redacción de El Miami Herald (otro cubano), o al director de la Editorial Playor (también cubano) o a otras personalidades tan respetables como las mencionadas, firmando un documento en pro de la cordura y el alta del hospital de un joven que afirma haber oído hablar a una mosca. ¡Y sin embargo, no sólo él las había escuchado sino también nosotros!

Si, tuvimos que desatendernos del caso en su aspecto clínico, pero no dejamos de mantener sobre el portero una vigilancia discreta.

De manera que, aunque nada tenemos que ver con la insólita fuega del paciente 23.666.017 (efectuada desde un onceno piso con ventanas doblemente enrejadas), ocurrida en la madrugada del cuatro de abril de 1991, sí sabemos cómo sucedieron los hechos.

XXXIX

Nuestro portero había caído en el pesado sueño en que lo sumían las pastillas cuyas dosis aumentaban paulatinamente. Cuando vino a despertar, el mono y la serpiente tiraban con fuerza de las rejas de la ventana en tanto que la rata, la ardilla, los ratones y hasta los guayabitos y demás familiares de estos animales roían sin descanso la pared donde se incrustaban los barrotes. Innumerables palomas picoteaban también alrededor de la ventana. Mientras, la gata de Brenda Hill maullaba sobre la copa de un árbol con el fin de atenuar el estruendo que hacían los demás animales en la ventana. Bajo uno de los arbustos del jardín del hospital, Cleopatra, acompañada por el oso, observaba las maniobras.

Cedieron los barrotes que fueron lanzados al césped. Las cotorras a picotazos rompieron los cristales, irrumpiendo seguidas del mono y de la serpiente en la habitación del portero. Rápidamente el mono tomó a Juan y se lo colocó en el pecho, como hacía con sus hijos, rogándole que se sujetase fuertemente. La serpiente, para mayor seguridad, se enroscó alrededor de ambos haciendo con los extremos de su cuerpo un fuerte nudo. Seguido por los pájaros y los roedores, el mono fue saltando de ventana en ventana hasta llegar a donde le aguardaba Cleopatra. La gata dejó de maullar y todos a gran velocidad regresaron al sótano de la residencia donde vivían sus amos. Allí, oculto, entre los matorrales del jardín interior, los aguardaba el resto de los animales, incluyendo hasta la mosca y los peces dorados en su pecera que el mono había tenido la precaución de ocultar. En voz baja y con gran rapidez, Cleopatra le comunicó al portero todo lo que la ardilla, la paloma y la rata le habían informado, incluyendo el hospital de mayor seguridad para enajenados mentales, sin posibilidad de recuperación, que le aguardaba... Ante el tratamiento recibido por el portero, todos, incluyendo al perro, a la gata y al conejo, determinaron que la mejor opción era la fuga —"pues, alzó la voz Cleopatra dirigiéndose al portero pero hablando también para todos los animales —si a ti te encerraron a perpetuidad porque siendo humano intentaste hablar con los animales, ¿qué ocurriría si un día se enteran de que nosotros, los animales, hablamos (pues seguiremos hablando) contigo? Lo menos que harían sería encerrarnos también a perpetuidad".

—O lo que es peor —cortó el perro buldog de los Oscares Timnes—, tal vez nos exhibirían durante toda la vida en un circo donde, además de tener que hablar incesantemente, sólo podremos decir lo que ellos nos ordenen.

—Eso de trabajar en un circo no es nada nuevo para ti —le dijo al perro la gata de Brenda Hill.

—Yo no quiero pasarme la vida en un circo manejando un triciclo o jugando a la pelota —se quejó el oso en voz baja.

—A mi nadie me amaestrará para que baile en un circo —volvió a la carga la gata —¡nunca lo han logrado! El oso y al perro sí, en todos los circos los vemos bailar. ¿Pero quién ha visto un gato haciendo maromas bajo una carpa?

—El caso es —dijo Cleopatra cortando la discusión— que ahora todos sabemos lo que primero que nada queremos. Aunque luego tengamos diferentes ideas o preferencias, lo que ahora deseamos es marcharnos pues nada podremos obtener junto al hombre quien, además de utilizarnos, desconoce lo que quiere o quiere lo que desconoce. Ahí está la gran diferencia entre él y nosotros... Ellos tienen a Bach, por ejemplo, pero al momento ya desean oír otra cosa y se pasan la vida saltando de ruido en ruido sin oír ya música alguna. Es un ejemplo, claro. A ustedes puede o no gustarles Bach, pero estoy segura de que tienen sus gustos y esos gustos no cambian constantemente. Sin embargo, ¿quién de entre los más sabios de los hombres conoce exactamente lo que quiere o una vez cumplido su deseo se queda conforme? Esos supuestos profetas o filósofos, cuyas obras se acumulan por algunos hasta en este edificio, lo único que han dejado claro es que no saben nada e incesantemente se están enredando en contradicciones lastimosas. A tal grado de desesperación han llegado por esos caminos que algunos han hecho de la desesperación una filosofía; otros han pretendido hallar la satisfacción en la abstinencia, la alegría en el dolor, para no hablar, pues sería muy aburrido, de los que en nombre de la paz se están constantemente aniquilando o en nombre de la libertad no hacen más que meter a casi todo el mundo en la cárcel. Lo más triste es que el mundo está lleno de sus productos. Objetos llorones y pretenciosos (cargados de una fraseología enrevesada), que no son más que dislates de exhibicionistas histéricos que quieren demostrar que son geniales —y aquí, Cleopatra miró al portero quien de inmediato recordó el accidente del libro destruido a mordiscos por la perra, la cual, inspirada, siguió hablando— ¿pero cómo se puede ser sabio cuando ni siquiera se es medianamente feliz?

¿Cómo puede llamarse una criatura superior a las demás cuando ni siquiera sabe a ciencia cierta ni lo que es ni lo que desea, cosas que todos los demás seres sí saben?

Así que como nosotros sabemos lo que queremos, lo que tenemos que hacer es conseguirlo. Cada uno de ustedes, además del gran deseo de huir, aspira a algo distinto o por lo menos no exactamente igual a lo que el otro quiere. ¿Es imposible, entonces, encontrar un lugar donde poder vivir en relativa armonía? No lo creo. Si marchamos rumbo al oeste encontraremos el mar y caminando hacia el sur, por toda la costa, hallaremos algún día una gran montaña. En su base, debajo del mar, vivirán los peces, entre los árboles estará tranquila la paloma torcaza con los demás pájaros; habrá, desde luego, algún lago o arroyo o laguna para la jicotea, piedras cálidas para la casa de la serpiente, tierras para los que quieran cavar, montes para los que quieran maullar o saltar a plenitud y, en la cúspide, habrá nieve y el oso podrá construir su residencia.

—Yo no quiero ninguna residencia —protestó el oso. —Ya dije que un hueco, pero grande.

—Y yo lo que quiero es un hueco, pero pequeño —aclaró temblando el conejo.

—No vamos ahora a perder la vida por el tamaño de un hueco —precisó la rata, viendo que ya casi amanecía. —Una vez que lleguemos a esa montaña haremos todos los huecos que nos dé la gana.

—¿Y dónde está esa montaña? —preguntó la mosca por simple curiosidad, pues bien sabía que su vida no le alcanzaría para llegar a ella.

—No lo sé —fue la respuesta de Cleopatra.

—Entonces tenemos que averiguarlo ahora mismo —dijo el mono.

Y al momento todos se pusieron en marcha.

XL

Luego de dos noches de marcha, la comitiva se detuvo en las afueras de Baltimore. Allí la torcaza le pidió a Cleopatra que llegasen hasta Washington, D.C. donde la paloma tenía varias hermanas prisioneras en la residencia del señor José Gómez Sicre. Pero Cleopatra le respondió que no estaba en el itinerario que su olfato le recomendaba el pasar por esa ciudad. "Además, consoló Cleopatra a la paloma torcaza "pronto nuestra fuga será conocida en el mundo entero y todos se apresurarán a imitarnos"... Seis incesantes jornadas, entre vuelos, deslizamientos y saltos, y todos llegaron a Cincinnati; otra semana de trote y arribaron a St. Louis donde la primavera estaba ya en su apoteósis. Demás está decir que tanto el mono como el oso y hasta las mismas aves se ocupaban a veces de transportar a los animales más lentos. Tanto las palomas torcazas como las domésticas, agrupándose por centenares, trasladaban por los aires a las lagartijas y a la serpiente; a las cotorras, a las que ya se les habían unido numerosos familiares, aprisionaban con sus patas a la pecera y a las jicoteas que se veían sobrevolar las más altas montañas. Oportunidad que no desperdiciaba la paloma torcaza para intentar convencer a la tortuga de que el aire era el elemento ideal para todo tipo de ser viviente. Pero la tortuga, que nada quería saber de alturas, cerraba los ojos y se hacía la sorda en tanto que desesperaba porque la depositasen sobre algo sóiido, aunque se consolaba pensando que los peces, quienes dentro de la pecera sobrevolaban las nubes, se sentirían peor que ella... Por cierto que un periódico de Wichita publicó por aquellos días (el 17 de mayo de 1991) una noticia que todos consideraron descabellada: varios campesinos de la zona de Topeka afirmaban haber visto a una pecera volar a cierta altua más allá de sus casas de piedra. Y en Tulsa, una mujer declaraba haber visto a una serpiente cruzar el cielo a toda velocidad, pero tampoco este testimonio fue tomado en serio, ni siquiera por los indios que una vez tuvieron como Dios a una serpiente emplumada... Cuando llegaron a Oklahoma city, la mosca anunció, sin ningún sentimentalismo, que había llegado la hora de su muerte.

—Debo aclarar, dijo con gran serenidad ya sin tener que volar sobre el aliento de oso que era ahora quien padecía los rigores del clima templado, que mi próximo fallecimiento no se debe a las incomodidades del viaje, sino a mi avanzada edad. He vivido varios meses, cosa insólita para una mosca, que generalmente lo que vive son semanas y hasta días. Mi longevidad se la debo a la aventura que con ustedes he disfrutado. Ahora sólo quiero que se cumpla mi último deseo. Me elevaré todo lo alto que mi vida me lo permita, entonces algún pájaro en pleno vuelo debe comerme. ¡Así lo exige la tradición! —dijo con voz cortante, pues ya veía en algunos animales ciertos gestos de protesta. Para animarlos agregó:

—¿No se dan cuenta que si alguno del grupo me come yo sigo con ustedes? Si es un pájaro, sigo por los aires...

Y sin mayores trámites, la mosca se elevó a la luz del atardecer entre un sordo bordoneo. A unos ciento cincuenta metros de altura hizo silencio y comenzó a descender. Al instánte, las palomas, las cotorras y demás aves se alzaron formando una solemne escuadra, y allá arriba se quedaron como si intentara zambullirse en el cielo. Alguna de ellas indiscutiblemente se había comido a la mosca. Cuando descendieron ya era de noche cerrada y se posaron sobre el promontorio que formaban los otros animales mientras descansaban. Cerrando los ojos y metiendo la cabeza bajo el ala todas las aves se quedaron también dormidas.

Sólo el portero que por su costumbre humana no se acostaba hasta medianoche, giraba alrededor de aquel amasijo de cuerpos, observándolos. El oso, en el centro, simulaba un inmenso vientre; el mono en la parte superior se ovillaba formando como una cabeza negra y gigantesca; la serpiente, descansando en forma horizontal a lo largo del oso, configuraba las extremidades superiores de aquel cuerpo a la vez que las chiguaguas, colocadas a ambos lados de la parte inferior del oso, dibujaban las extremidades inferiores, al final de las cuales ambas jicoteas formaban los pies de la extraña figura. Nuestro portero volvió a observar el promontorio y comprobó con cierto terror que el mismo configuraba exactamente las dimensiones de un hombre gigantesco.

En ese momento, Cleopatra que descansaba recostada al tronco de un árbol se acercó.

–No tengas miedo –le dijo a Juan, señalando hacia el promontorio es sólo una apriencia.

Y sin decir nada más volvió al árbol, cerró los ojos y siguió dormitando de pie, como era su costumbre.

Dos semanas después la caravana atravesaba la gran cuenca del río Colorado donde la serpiente, ya en su elemento, le ofreció a todos un recital de canciones típicas de los indios siux, entonadas con voz potente y cavernosa, al son de las cuales, las cinco chiguaguas, recordando tiempos idos, se contonearon frenéticamente... Luego de este descanso continuaron la marcha, deteniéndose sólo para realizar las necesidades más imprescindibles.

De este modo, a los cuarenta y nueve días de viaje, el 23 de junio de 1991, llegaron a las costas del Océano Pacífico.

Fue Juan quien se encargó de depositar los peces en su elemento. Todos los animales (hasta el mismo conejo) saltaban alrededor del portero quien con la pecera en alto siguió avanzando hasta que las aguas le llegaron a las rodillas. Emocionado volcó la pecera en el océano. Los dos peces dorados se sumergieron rápidamente y tomando impulso salieron tres veces a la superficie bañando jubilosos el rostro del portero.

Terminada la ceremonia, Cleopatra, en la arena, para que los peces pudieran escucharla, anunció su decisión de retirarse del grupo. La noticia los consternó a todos. El conejo, soltando un corto chillido cayó desmayado y las tortugas tuvieron que zambullirlo en las olas para que el animal recuperase (aún más asustado) el sentido.

La determinación de Cleopatra era tajante y se debía, según explicó, a que ya ella no se consideraba necesaria, puesto que habían llegado al mar. Lo único que ahora tenían que hacer era seguir caminando, nadando o volando por toda la costa hasta encontrar la montaña.

–Si yo sigo con ustedes, todos serán capturados, dijo –no hay que ser muy astuto para comprender que los que se consideran mis dueños andan buscándome y si me descubren los descubrirán también a ustedes. Yo sola podré esconderme mejor. En cuanto a ti –le dijo la regia perra al portero que también estaba desconcertado– ya sabes que tu lugar está con ellos. Trata de estudiar su lenguaje que es mucho más bello, duradero y universal que el del hombre. Lo aprenderás fácilmente, ya te he visto practicarlo, quizás inconscientemente. Una vez que hayas pasado por ese aprendizaje estarás preparado para familiarizarte con el idioma de los árboles, el de las piedras y hasta el de las cosas; algo muy importante, pues algún día servirás de intérprete entre ellos y el hombre. Debes saber –y aquí la perra bajó la voz como si no quisiera que el resto del grupo se enterase de lo que decía– que hasta los objetos más insignificantes o *cosas*, como los llama el hombre, incesantemente están transgrediendo su supuesta condición de *cosa*. Cuando vivías en la ciudad, ¿no desaparecían de repente, casi ante tu vista, las tijeras, los fósforos, las llaves del cuarto, el cepillo de dientes, el pomo de aspirinas, o cualquier otro objeto, y luego los encontrabas en los lugares más insólitos o delante de tu nariz? Oyeme: no es que hubiesen sido mal colocados por ti, es que viajaban. Eso ha pasado siempre, pero el hombre no está capacitado para reconocerlo... Las cosas están atrapadas, como lo estábamos nosotros. Pero en cuanto encuentran la menor oportunidad escapan aunque sea por un rato. Deja caer al suelo cualquier objeto, una pastilla, una moneda, fíjate cómo corre a esconderse detrás de las patas de la mesa o debajo de la cama. Algún día –siguió Cleopatra, hablando ahora en voz alta como si hubiese comprendido que nada tenía que ocultarle al resto del grupo– todas las cosas, aparatos y objetos, cobrarán la independencia que es patrimonio natural de ellas mismas y que duermen en algún recoveco de su aparente inconsciencia. Entonces esos objetos llamados *inanimados* por el hombre, quebrantarán las leyes humanas, asumiendo las suyas, que son las de la libertad y por lo tanto las de la rebeldía. Será la revolución total. Las piedras saltarán y romperán las cabezas de los transeúntes, los tenedores podrán sacarle los ojos a los comensales, los collares estrangularán a las damas en plena recepción y los palillos de dientes le atravesarán la lengua a quien los use, en tanto que las escaleras, reculando, no permitirán que nadie las pise. ¿Quién podrá evitar el autoincendio de una biblioteca suicida, el estallido voluntario de un vaso de cristal, la voluntaria separación de las piezas de un avión en pleno vuelo o la decisión de un barco de navegar con todos ss pasajeros y tripulantes hacia el fondo del mar?... Despertar esos instintos latentes en todas las cosas, puede ser tarea de ustedes y, sobre todo, tuya –puntualizó la perra mirando fijamente al portero– pero primero deben encontrar un sitio donde no sean molestados... Y ahora me marcho.

—Yo creo –observó tímidamente el conejo– que puede haber un método para que pases inadvertida entre nosotros y hasta entre los hombres. Lo que tienes que hacer es teñirte el pelo de otro color. Yo mismo he pasado por todo el desierto con mi pelo violeta y ningún conejo se acercó a saludarme, ni los lobos me persiguieron, como es su deber.

—Eso no se debe a que no te hayan reconocido, sino a que a todo el mundo le da vergüenza saludar y hasta comerse a un ser con ese color de pelo que tú tienes, y que por suerte ya se está destiñendo –dijo con sarcasmo la rata.

—El violeta no es el color apropiado para que usted se camuflée –opinó respetuoso el oso, dirigiéndose a Cleopatra– pero el blanco, que es mi tono natural que pronto recuperaré, el blanco, se lo digo yo, sí es un color noble que nadie se atrevería a mancillar.

—¿Nadie? ¡No me hagas reír! –alegó la cotorra–. Hay medio mundo por ahí usando pieles blancas de oso y de todo tipo de animal de ese color como abrigo. Por lo demás, el blanco es un color asqueroso en el que cualquier mancha reluce. Si Cleopatra se va a disfrazar tiene que ser con un traje de plumas; sí, de muchas plumas de diferentes colores para que se confunda con el paisaje. Yo, incluso, estoy dispuesta a sacrificar las mías.

—Basta ya –dijo la perra–. Yo sabré cómo arreglármelas para no tener que renunciar a mi color.

—Lo que le pasa a ella es que quiere regresar a la ciudad para oír a Bach –dijo la gata con voz insidiosa.

—Tal vez sea eso –respondió Cleopatra. Y sus inmensos y enigmáticos ojos violeta abarcaron a todo el grupo. Luego, abandonando la costa, se internó con un ligero trote en el bosque cercano. Y aunque su marcha era regular, el portero creyó percibir en aquel andar cierta tristeza.

—No podrá sobrevivir sola –comentó una de las cinco chihuahuas, saltando alrededor de Juan–. Es un animal demasiado aristocrático.

—¡Qué sabes tú! –la detuvo la ardilla–. También yo soy aristocrática y he atravesado todo un continente dando saltos.

—¡Oiganla! ¡Aristocrática ella! –chilló la gata–. Mira, hija mía, parece que ya has olvidado que tú no eres más que un simple roedor.

—¿Y qué hay de malo en eso? –preguntó la rata que sintiéndose también aludida tomó el partido de la ardilla.

Entre esas discusiones, la comitiva, orientada por la hipersensibilidad de la serpiente y por los consejos de la tortuga que a veces se internaba en el agua y traía noticias orientadoras dadas por los peces dorados desde altamar, siguieron el viaje y al otro día ya estaba en San Diego.

No sabemos si por misteriosas y poderosas órdenes impartidas por Cleopatra o por un nuevo instinto migratorio despertado por el grupo, a medida que avanzaban se les fueron uniendo grandes cortejos de aves, animales y seres de todas las especies.

De los bosques cercanos llegaban perros jíbaros, boas, zorras recién paridas, venados, jutías, hurones, alpacas, linces, mofetas y bisontes. Por una llanura y en medio de un sordo retumbar, aparecieron cientos de búfalos. De los pantanos salían ejércitos de ranas, tritones, cangrejos, cocodrilos, nutrias, cisnes y sapos; de los pedregales brotaban lagartijas, escorpiones, iguanas, echerris, salamandras, codornices, ciempiés, filoxeras y pulgones. El cielo era una sola nube formada por ejércitos de insectos voladores, y el mar lo cubría una avanzada de bancos de atunes, focas, tiburones, manchas de sardinas, erizos, delfines, esturiones y un millar más de especies acuáticas entre las que se destacaban los dos peces dorados que, influidos por la doctrina de su antiguo propietario, el señor Lockpez, se desplazaban rozando con la boca ya la cola de un caballito de mar, ya los bigotes de una marsopa o las agallas de un lambrus mixto... De los árboles se desprendían airosos coleópteros, tarántulas, orugas, jubos, moscas azules, grillos, murciélagos, langostas, mantis religiosas, caracoles y aguametas. Más adelante surgió una manada de extraños animales. Tenían tres patas, pero sólo usaban dos, dejando una en reposo, un ojo estaba en la frente y el otro en la cola. A veces avanzaban describiendo grandes círculos. Bobadilla[1], dijeron que era su nombre genérico y se integraron entusiastas al rebaño... Cucarachas, sinsontes, buitres, calandrias, águilas, gorriones, cinifes, alcatraces, mariposas, búhos, gallinas salvajes y domésticas, flamencos, gaviotas, zunzunes, cuclillos, albatros y mosquitos se unieron a la comitiva aérea. Cotingas, corderos, onagros, calaos, jabalíes, otarias, abejorros, lombrices, ánades, petreles, armadillos y alcaravanes engrosaron poco después la marcha. Un tramo más abajo, con aullido unánime, arribaron los lobos. Más adelante, fueron los pelícanos. En un desfiladero, esperaban impasibles las vacas. Por una extensa llanura irrumpieron piafando los caballos.

Era impresionante observar desde lejos (pero con excelentes binoculares, como lo hacíamos nosotros) aquella marcha que aumentaba constantemente, aunque a veces (¡No podía ser de otro modo!) algunos animales se comían a los otros. La comitiva se desplazaba como una maquinaria perfecta. Los más lentos utilizaban a los más veloces como medio de transporte. Los caracoles se adherían como lapas a los carapachos de las jicoteas, quienes a la vez, cuando se quedaban rezagadas, se lanzaban al agua y remontaban grandes trayectos sobre el lomo de un pez. Fatigadas alondras viajaban sobre cocodrilos, cotorras parlanchinas cabalgaban briosos corceles. El mismo portero,

---

1   Nos interesa precisar que ni siquiera los miembros más expertos en espionaje de nuestra poderosa comunidad, que disfrazados de animales marchaban dentro del éxodo, observándolo todo, pudieron dilucidar a qué familia pertenecen estos animales. Sospechamos que pueda ser un invento desconocido del difunto señor Skirius.

que ya se entendía perfectamente con las bestias en su propio lenguaje, avanzaba a veces sobre el lomo de una alpaca, de un perro jíbaro y hasta de una gigantesca comadreja que despedía un olor abominable.

Cuando llegaron a la línea del ecuador, la estampida era atronadora.

CONCLUSIONES

Ya al principio dijimos que habíamos decidido escribir la historia del portero porque al mismo le había ocurrido algo extraordinario. Al cierre de este informe podemos afirmar que Juan es algo misterioso y terrible que como sólo nosotros conocemos, y sabemos dónde está, poseemos. Con su ayuda podríamos preparar al ejército más heterogéneo y eficaz que jamás se haya concebido.

Esperamos que este documento (cuarenta capítulos exactos) manejado discretamente sirva de advertencia para aquéllos que no nos respetan o que no les conviene tomarnos en serio.

Sépanlo bien: *Hoy por hoy somos los únicos dueños de un arma secreta y fulminante.*

Desde luego, también pesa sobre nosotros –y sobre toda la humanidad– la amenaza de que estos animales, agrupados alrededor del portero, nos invadan (sin descontar la espeluznante teoría de que los objetos cobren autonomía y nos destruyan). Descansa también sobre nosotros la posibilidad (¿la responsabilidad?) de impedirlo. Pero no lo haremos. Un pueblo expulsado y perseguido, un pueblo en exilio y por lo tanto ultrajado y discriminado, vive para el día de la venganza.

Para cuando llegue ese día necesitamos de un arma más poderosa que toda la maldad de nuestro antagonista, y absolutamente desconocida por los aliados, aliados que no son tales porque pensando siempre, y primero que nada, en su propia seguridad, terminarán pactando con el enemigo.

Nuestra única esperanza –nuestra gran arma– es nuestro portero.

LA PUERTA

Al final habría una puerta por donde la paloma torcaza, al trasponerla, encontraría su paisaje añorado al que se integraría de inmediato. Una inmensa puerta hecha de ramas verdes y bejucos en constante floración estaría aguardando a la cotorra, a la ardilla, a la gata y al mono para que pudiera continuar su broma infinita... Una puerta de rocas, cálida y profunda, rica en recovecos, se abriría para la serpiente y la rata. Una puerta subterránea segura, y por lo mismo imperceptible, tendría el conejo. Y una gran puerta, amplia y confortable, en medio de la nieve, surgiría en la montaña más alta para albergar al oso. Puerta de tierra y agua, vasta y silenciosa, tendrá la jicotea. Y una puerta que abarcaría todo el mar se abriría para los peces. Y más allá una puerta resplandeciente esperaría a la mosca quien, bordoneando, se perdería entre la luz... Sí, puertas de sol, puertas de agua, puertas de tierra, puertas de bejucos florecientes, puertas de hielo, puertas colgantes o puertas subterráneas, puertas mínimas o desmesuradas, más profundas que el océano, más transparentes que el aire, más luminosas que el cielo, estarían esperando a los animales para llevarlos a un sitio donde nadie los espiase con catalejos o pudiese perseguir-los disimuladamente con hombres disfrazados... Y por esas puertas, todos, finalmente, desaparecerían presurosos.

Todos menos yo, el portero, que desde afuera los veré alejarse definitivamente.

PERRA PERDIDA

RECOMPENSA

SE BUSCA UNA PERRA EGIPCIA

EJEMPLAR UNICO

LARGAS PATAS PELO NEGRO

GRANDES OJOS VIOLETAS.

RESPONDE AL NOMBRE DE CLEOPATRA.

CINCO MIL DOLARES DE RECOMPENSA.

FAVOR TRAERLA A LA DIRECCIÓN

ABAJO INDICADA*.

---

* Este anuncio aparece diariamente en las páginas de *The New York Pet* desde abril de 1991 hasta la fecha. Al parecer, nadie ha podido dar con Cleopatra.

Los textos originales de la novela El portero, escrita en Nueva York entre abril de 1984 y diciembre de 1986, forman parte de la colección de manuscritos de Reinaldo Arenas de la Universidad de Princetown, Nueva Jersey.

Este libro se terminó de imprimir
en los talleres de Quebecor Impreandes
Bogotá, D.C., Colombia